U0035735

AQUARIUS

AQUARIUS

AQUARIUS

每個人心中都有一座島嶼，
藉文字呼息而靜謐，
Island，我們心靈的岸。

一本兒子以母親口吻
寫下的人生故事

⚜

謹將此書

獻給我的母親徐蘇綉雲女士，以及《更生日報》副刊主編林玉雲小姐、
作家彭樹君小姐、作家夏瑞紅小姐、《中華日報》副刊主編羊憶玫小姐、
《聯合報》繽紛版主編譚立安小姐、王明豪先生、譚俊立先生、
許哲峰先生、寶瓶出版社總編朱亞君小姐、作家王如斯小姐、
作家顏艾琳小姐、作家吳鈞堯先生。
沒有他們，我無法走到這裡。

幕起

母親的葬禮

母親的黑白照，大約攝於四十年前左右。地點是照相館。

民國九十八年的三月，我的母親去世了，享壽七十七歲。

告別式之前，我都盡量保持冷靜，畢竟我是大姊，母親下來就是我了。我像木頭一般，跟著道士天天在母親靈前誦經，一切的情緒好像都在掌控之中，可是告別式那天，當禮儀師要我們上前去見母親最後一面時，我的腳居然不聽使喚地發軟了。

我全身顫抖地來到母親的靈柩旁，忽然間，我像被抽去骨頭似的癱在母親棺下，身體雖然不能動，思緒卻在快轉。數十年來，我一直以為自己是恨母親的，要不是她把我嫁給那個男人，我的人生也許會有所不同。但我的以為是錯的。原來，數十年來，我的恨早已被時間侵蝕，那個龐大的恨，早就剩下一副空架子，被母親的死一推，便轟然倒下，化為一陣混濁的風，什麼都沒有了。

母親死了！什麼都沒有了，連我的恨也沒有了！那，我的人生還剩下什麼呢？突然間我懷念起我的恨，至少那個恨讓我和母親的生命緊緊綁在一起，減去那個恨，我和母親之間居然一無所有！

直到母親過世，我才知道我有多麼不想和她分離。直到母親過世，我才知道五十七歲的我仍然是個孩子。那一刻，我拋開長女的矜持，重回五十七年前呱呱落地的初生時期，像個嬰兒般，不顧形象地嚎哭起來，因為，這是我最後一次擁有人子的身分，此後，我便是真正的孤兒了。

我在母親的靈棺旁，決定要把這五十多年來所受的委屈一次哭盡，不管弟妹們如何勸阻。但母親卻無動於衷，她始終雙手交錯，安詳地躺在靈棺中，似笑非笑，她的臉，隱隱透出一股慈祥，那是我此生見過最美的母親了。

我的母親——蘇陳阿唇，她是我這輩子見過最愛美的女人。

打從她三十三歲不去工廠上班之後，一直到她七十七歲往生，這四十四年來，她每天早上起床第一件事，就是打扮自己。因為經歷過日本人的統治，母親在化妝上面也受到很大的影響。她總是打上很厚很白的粉底，從現在看來，大概只有殭屍片才會那麼做。為了方便畫眉，數十年來，她沒有一天讓眉毛長出來過。人們表面上讚美她，但一些比較沒口德的人，會私下叫她「日本女人」。

化完妝的母親，總喜歡拿著她的假珍珠包包去逛菜市場，因為沒有錢，包包裡面總是塞了幾張擠壓成一團的舊報紙。若真要買東西，母親大部分都是賒帳，那只包包，裝飾的成分居多。有時候想一想還真有趣，我的父親——蘇焕仁：一個滿嘴三字經、靠買賣破爛維生的男人，他這輩子只活了四十九年，卻終生以酒和賭為信仰。將父親和我那極力維持表面虛榮的母親放在一起，真是一個絕妙的組合。

如果你硬要問我，比較喜歡父親或母親？那我會說：「其實我比較喜歡那個常把我打得遍體鱗傷的父親。」

父親雖然缺點不少，卻帶著較多的人性，不喝酒時和小孩還算親密。反觀母親，她雖然看起來高雅美麗，卻顯得冰冷，離小孩們比較遙遠。或許，母親是被貧窮給嚇到了吧！每天將自己打扮得像貴婦一般，是她逃避現實或補償自己的一種方式。

母親這一生，大半時光都處在餵不飽小孩的噩夢裡，除去打掉的兩個小孩不算，這輩子她總共生了三男二女。由於養不起小孩，生完四妹秀娥之後，她便裝了避孕器。本以為萬無一失，結果隔了三年，不小心又懷了小弟——蘇結源。知道時已經四個多月，醫生不敢打掉，只好把他生下。這三男二女五個小孩，加上嗜賭愛喝酒的丈夫，母親的壓力的確不小。

民國六十六年一月二十三日，我的父親蘇煐仁，因酗酒得到肝癌，往生了。

這時候小弟才十五歲，尚未成年。大弟蘇光榮剛退伍。而我已出嫁十年。在家裡閒了十幾年，五十七歲的母親為了貼補家用，到新莊思源路一家「美英電子工廠」當清潔員，當時這家工廠的警衛喪偶多時，一看到高雅的母親便心生愛慕，開始追求。這個大母親八歲的男人，不會罵三字經、不太會喝酒；至於賭，也只有過年偶爾和家人打打麻將。因為是將官退休，他的嗓門和經濟能力一樣好。雖然他的子女都很怕威嚴的他，但是他對母親卻十分溫柔呵護，還經常下廚燒飯給母親吃，所以很自然地，他們在一起了。

這個男人，像是要彌補母親這輩子在愛情上所缺而出現。

不管我們子女怎麼看待這段戀情，這個男人對母親真的沒話說。他每個月固定給母親一萬元，常常買東西送母親、還帶母親去香港旅行。這是母親此生第一次出國旅行，也是最後一次。他們的黃昏之戀維持了快二十年，後來雙方子女也都認同這段關係，直到某天早上，那男人早上起床穿褲子時，心肌梗塞暴斃而亡。

死後，這男人的子女打開遺囑，才發現他們的父親預留了五萬元要給我母親。這男人，也曾在我困難時借我三十萬。也許他永遠無法取代我父親的地位，但他對於自己的角色，實在詮釋得難以挑剔。

十多年後，母親也死了！如果，這男人和我父親都在另一個世界等待母親的到來，不知道我的母親終究會奔向誰？

記憶中的母親是冰冷的、固執的，和我的丈夫——也就是她親自欽點的女婿水火不容的。但是在她過世前幾年，她整個人變得柔和許多。她不再和我的丈夫吵鬧，讓夾在中間的我左右為難。我的娘家就在我夫家的樓上，因此整個上午，她會陪我在菜市場賣蒜頭。那幾年，她慢慢變成一個有血有肉的溫柔母親，不再是從前那個冰冷頑固的女人。

最後那幾年，她不想麻煩子女，有病就自己到西藥房抓藥吃，胡亂吃藥造成她的身體衰弱，胃甚至破了一個大洞。她最喜歡買一種感冒糖漿，幾乎把那當飲料喝，可能裡面有什麼止痛麻痺的成分，或已經變成一種習慣。過世前那陣子，感冒糖漿似乎不管用了，於是她將感冒糖漿混著消炎止痛藥一起服用，因此送醫時才會那麼難以治療。

母親斷氣前那幾天，我獨自坐在加護病房望著她，她戴著氧氣罩，我戴著口罩，這口罩彷彿將我們隔成兩個世界，我清楚感覺到，母親正一點一滴地離開我，彷彿她每呼吸一次，她的靈魂就少了一小塊。儘管虛弱，她在病床上卻還很有力道地讓全身不斷震動，我可以清楚感受到母親的痛苦，從晃動的床沿，通電一般，透過我的手，傳送到我的心裡。偶爾，她會忽然睜開雙眼，像知道了什麼事，每次都把我嚇一大跳，有幾次我忍不住想，如果母親是在某個清晨，起床穿褲子時忽然暴斃，或許那也是一種幸運。

我和母親的合照，約攝於十五年前，地點是新莊的娘家。

無論如何，母親終於跨過生死線，投入死神的懷抱，若人死後真有靈魂，相信母親應該會滿意最後一次由別人幫她上的妝。這次的妝，就像她生前一樣，塗著又厚又白的粉底。由於母親已經不會動了，這眉毛比母親生前自己畫的還對稱。比較令人意外的是口紅，這麼多年來，我未曾看過母親塗上這麼鮮豔的口紅，感覺像是在雪人嘴裡放上一顆櫻桃。

知道母親愛美，這種妝是可以接受的。另外，我和四妹秀娥，還特地為母親準備了整組的化妝品要燒給她，有眉筆、粉底、口紅、香水、腮紅、髮型固定液……此外還有假牙、戒指、項鍊等等飾品，希望母親在另一個世界，也能打扮得美美的。

永別了！我的母親我的恨。

目錄

【幕起】母親的葬禮 10
流浪童年 19
我家門前的垃圾場 28
葛樂禮颱風 35
明月酒家 42
我的十五歲婚禮 51
遠東西樂隊 57
搬新家 66
阿蓮 73
紅猴賣藥團 79
2234 87
末代那卡西 97
再會啦！阿爸 108
賣地還錢又貸款 119
女兒的紅色婚禮 128
花邊故事 135
解決債務 143
一心想當乩童的丈夫 151
我家就是垃圾場 158
從麗華變回蘇綉雲 166
賣菜的趣事 177
【幕落】
我的母親蘇綉雲 184
故事背後的故事 191
新版後話 198

流浪童年

母親的死，讓我覺得自己所剩的時間也不多了，我忽然產生了一個念頭，就是要把自己的一生給記錄下來。

我這一生，總共有三個名字。

出嫁之前我叫「蘇綉雲」。出嫁之後我叫「徐玉鳳」。在舞台上的我，則叫做「麗華」。

現在，就先來說說「蘇綉雲」這個女孩。

在談到我之前，我想先介紹一下父親的家族成員。我父親的父親，也就是我的阿公，其實並非阿祖親生。因為阿太嫁過來多年都沒有懷孕，只好去台中分一個男孩來養，說也奇怪，之後阿太便連生了兩個男孩。

我父親的母親，也就是我的阿嬤，嫁給我阿公之後，總共生了五個兒子和八個女兒，因為小孩太多，有五個女兒給別人當童養媳。我父親是長子，原本在耕者有其田政策實施之後，可以分到一些可觀的田產，卻因為不喜歡種田，婚後跑到台北「收酒矸」——就是撿破爛，因為如此，阿公很生氣，不要說田產，連一間房間也沒有留給我父親。

四十一年次的我，就是出生在這個龐大的家族裡面，而這個家族，就在彰化秀水鄉埔崙村。

婚後不久的父親，不顧家人反對隻身北上謀生，將新婚不久的母親留在秀水。父親不在身邊，讓當年十九歲的母親很沒有安全感。母親說，我誕生的那一天，雖然是家族長孫的頭一胎，但因為是女孩，所以整個家族冷冷清清，根本沒有人理她。產婆接生完之後，又累又餓的母親只好自己下床，到菜園拔一些紅鳳菜炒麻油吃，算是坐了月子。

母親常說：「女孩子沒路用，十個女兒也抵不過一個兒子。」一年後我大弟——蘇光榮誕生了！他是我們這一輩最先出生的男孩，長子的長子，將來是要繼承家業、延續香火的，整個家族都非常高興，母親也因此吃了幾天的麻油雞。母親說她嫁到蘇家兩年，直到大弟出生才覺得自己的生活穩定下來，之前的日子，彷彿賣到別人家當傭人一般，每天都過得戰戰兢兢。

父親偶爾回來秀水，但是待不到幾天又回台北。那幾年，大弟和二弟陸續出生，七歲之前，我一直待在家裡幫忙母親照顧弟弟，直到七歲時，村裡同年齡的小孩都去上小學，我才向母親要求讓我去上學。母親去跟我阿嬤說，阿嬤說女孩子上什麼學？母親只好作罷。

但是我不死心，我跑去祖厝找阿太，阿太個子不高，說話卻很大聲，平日總是拿一根枴杖四處串門子。阿太對小孩很好，常常會帶我們這些小孩去果園摘水果。當時阿太已經七十多歲了，牙齒還很好，阿太最喜歡的水果不是軟軟的木瓜，而是硬硬的土芭樂。

阿太除了牙齒硬之外，她的脾氣也很硬，遇到不公平的事，她會出來主持公道。我向阿太拜託，請她說服我阿嬤，讓我和其他小孩一樣去上學。阿嬤是阿太的媳婦，自然不敢違背婆婆的命令，我這才能如願去上學。

我還記得，當年我上的第一課叫做〈開學樂〉。可是人算不如天算，我「樂」不到一星期，父親就從台北寄來一封信，要我們全家北上找他。於是，我牽著兩個弟弟，母親用扁擔背了一些家當，帶著那封信，我們到台北找父親。

從此，展開我飄浪的人生。

剛到台北的時候，我們一家住在六張犁，那裡有很多墳墓和資源回收場。父親因為收破爛的關係，在那裡租了一間木板房，我們一家五口就擠在兩、三坪大的房間。由於是違建，所以沒水沒電，幸好那裡常下雨，父親就買了六個鐵的大水桶，用來接雨水。為了省水，平日我們很少洗澡，大多用濕毛巾將身體擦一擦，所以水都夠用。至於沒電這件事，對我們來說也不是什麼困擾，只要一家早早就寢就可以解決，若真需要照明，就點個蠟燭。

父親終生都在做「資源回收買賣」。而母親，當時在我們家對面一戶有樓房的外省人家裡幫傭，外省人知道我們家很窮，總是讓母親帶飯菜回來給我們吃，有時候，外省人還會給母親大塊大塊的滷牛肉，這在當時都是非常昂貴的食物。

由於父母親整天都在外頭工作，所以母親出門後，會將我們三個小孩鎖在木板房，裡面放一個尿桶就算「套房」了。我們姊弟三人，從早上被鎖到傍晚，直到母親幫傭回家，才將我們放出來活動。

我們在六張犁住了一年，這一年，也就是民國四十九年，母親生下了我四妹——秀娥。

說起四妹秀娥就讓人嘖嘖稱奇。

我聽說佛教高僧虛雲老和尚在母親肚子裡住了十三個月才出生，而我四妹也在母親肚子裡多住了兩個月。由於母親懷孕十二個月還不生產，幫傭的外省人雇主擔心母親會出事，就把母親給辭退了，這一來不但少了一份薪水，而且也沒有免費飯菜可吃，讓我家的經濟陷入極大的困境。

為此，我們又回到彰化，陪母親待產。

四妹在母親肚子裡住了十二個月，出生時頭髮已經齊肩了。這妹妹出生得不是時候，她遲到兩個月，讓母親丟了工作，讓姊姊哥哥沒有飯吃，母親決定將四妹送人。

母親在彰化坐完月子後，我們又回到台北，這次我們沒住在原來的六張犁，而是住在現在的承德路，大同公司對面的美軍顧問團旁邊。

當時，我家前面有一戶踩三輪車的人家，結婚多年都沒有生，母親便將四妹送給他們。儘管父親和我都不贊成，但是家裡窮，又能如何？那戶人家為此送來三十個豆沙餅，算是買斷了四妹的一生。送走四妹之後，母親到一間衛生紙工廠當作業員，我們繼續被鎖在木板房。不過我始終心有不甘，由於四妹養父母家離我家很近，每天傍晚，母親工作回家將我們放出來後，我便衝到四妹養父母家去看她。

有一天傍晚，我像往常一樣跑去看四妹，那天四妹一個人坐在養父母家門口，我見四下無人，一股衝動便將四妹抱回家。回家後母親很生氣，但父親卻很歡喜。我和父親同一國，都希望將妹妹留下來，母親拗不過我們，這讓她很為難，因為四妹養父母送來的豆沙餅已經吃完，在當時那可是很貴的食物，母親又沒錢賠人家。可憐的母親，每次經過四妹的養父母家就被罵一次，一次比一次難聽，而那又是回家必經之路，因為這樣，我們只好搬家。

第三次搬家，我們搬到現在大龍峒的大同街，靠近鐵道旁，也就是現在的承德路三段二四七巷，對面就是成立於民國四十九年五月三十日的大龍峒車站。不過，這個比我晚誕生的公車站，因為捷運的關係，已經在九十三年七月一日廢除。

搬到大同街之後，母親已經不再將我們鎖起來了，這有好有壞。壞的是弟妹們都會亂跑，有一次四妹還掉到滿是油漬的大水塘裡，當時天色已晚，水又髒，我找不到四妹，看見水裡一個黑黑的東西在浮沉，一把拉起居然就是四妹。這水塘的油，都是附近一家做硬幣的工廠排出的，幸好我發現得早，四妹才沒淹死。至於好處，就是我可以跟隨鄰居

母親牽著我的兒子，時間大約是民國六十年左右，地點是圓山車站附近的大同街。

小孩到各個菜市場撿菜回家煮。如果我要青菜就去延平北路二段的「太平市場」，若要魚就去廣州街的「中央市場」，想吃豬肉就去昌吉街的「豬屠口」。

撿蔬菜算是比較容易的，因為市場總有菜販剝下來、成堆成堆過老過醜的外葉。撿魚則要趁魚販們粗魯地拖著一箱一箱魚時，等魚兒不小心從邊緣跌落，再快快一把撿起。大隻的鯊魚、海鰻是不太可能，但小尾的狗母、肉魚，或人家不要的海豚骨，卻有可能成為我家桌上的美食。最困難的食物算是豬肉了！為了幫家人加菜，我不敢熟睡，半夜聽到豬隻哀嚎，總讓我興奮地從床上跳起來，衝到廚房拿臉盆直奔「豬屠口」。

屠夫殺豬之後，總會將豬油、內臟吊在一旁，另外還會有一大桶豬血。我會用臉盆去偷舀豬血、用小刀去偷割豬油和內臟，像我這種女孩在豬屠口不少，大概有二十幾個，我們不但互相認識，更是一群好姊妹。

沒辦法，失去了外省人的免費飯菜，我必須想辦法活下去。以前的窮苦人特別多，那些魚販、屠夫也不見得比我們好過多少，將心比心之下，大都睜一隻眼閉一隻眼，默許我們這種接近偷盜的行為。

有了新鮮食材之後，父親自己做了一個小「灶」，每天早上，我會用這個小灶將撿來的菜煮好，午飯的菜也會早上一起做好，再用籃子吊在梁上，以防貓狗老鼠偷吃。因為房子會漏水，後來我們又搬了一次家，不過仍然住在大同街上，一直到我結婚為止。

女孩是我四妹，少年是我么弟，最小的是我兒子。時間約是民國六十年左右，在承德路的大同街附近。

我家門前的垃圾場

母親出門工作時，就把我和兩個弟弟鎖在房間，每天早上我隔著窗戶，看那些和我差不多大的小孩，腰纏著布書包去上學，我就覺得很羨慕。雖然我也很想上學，但是家裡太窮，又沒人照顧弟弟們，只好打消這個念頭，不過我還是會找機會學習。

每天傍晚，母親將我們從房間放出來，我就會跑去跟鄰居的小孩學國語。這附近有一些眷村，很多小孩都會說國語，沒多久我的國語就說得嚇嚇叫。可惜我只會說和認得少許的字，至於寫字則完全不會。

現在的承德路，以前只是一條通往垃圾場的小路，至於三德飯店到明倫國中之間的那段承德路，經過民國五十二年的「葛樂禮颱風」之後，就變成了一片範圍很大的水池。我小時候是沒有承德路的，那時候要去士林、天母，只能走中山北路。從前的承德路，對我來說就是一座超大的垃圾場，它接收了整個大台北的廢棄物，是繁華台北城最髒亂的一角，但是這座龐大的垃圾場卻是我的天堂。

四妹出生，母親到衛生紙工廠工作之後，就不再把我們鎖在房間，這時候我已經十歲了，會背著四妹，帶著大弟、二弟到垃圾場尋寶。我的活動範圍大都在後來的大華晚報和大龍峒公車站之間。我們不愧來自「收破爛之家」，天生練就一身分辨破銅爛鐵的本事，銅、鐵、鋁、玻璃、木屐的塑膠耳朵……基本上，銅和鋁就是拾荒者眼中的金和銀，不過銅有分紅銅和青銅，紅銅比較貴，有時候價錢是青銅的兩倍；鋁也分軟鋁和硬鋁，軟鋁比較貴，和硬鋁的價錢可以差個五、六元。而玻璃也分透明和有色兩種，透明的比較貴，有色的比較便宜，因為有色玻璃通常是再製品。

除了上述的東西，我們姊弟在垃圾場常常有意想不到的收穫。我們曾經撿到幾枚手榴彈、一枚金戒指——那時候黃金一錢約一百五十元左右，米一斤要一塊半——那枚金戒指大概可以換一百斤白米；至於手榴彈，很抱歉，真是人見人怕，只能丟回原處。

除此之外，我還撿過一顆很大的炸彈。當時，我並不知道那是炸彈，以為發現了寶，本想一個人搬回去，但是這玩意兒實在太重，只好先找些垃圾將它蓋上，再做個記號。我按捺著興奮的情緒，飛快跑回家叫大弟來幫忙，兩個人費了很大的力氣才抬回家。回家之後，我不敢像往常一樣將它堆在家門口，因為它是那樣「貴重」，我和大弟還特地將那顆大炸彈滾進床下，等父親回家再拿出來獻寶。

左等右等，好不容易等到天黑父親回家，當我興高采烈地和大弟將炸彈又從床下滾出來時，沒想到一向嚴肅的父親，看到那顆炸彈臉色都變了。在父親的怒罵中，我和大弟趕緊將那顆炸彈搬回垃圾場。這件事還沒完，回家後，我和大弟還被父親痛打了一頓。

父親因為愛賭博的關係，家裡的生活常常大起大落。若贏錢，家裡可能會有魚和豬肉可吃，也許還會買衣服給我們。小弟尚未出生之前，父親曾經為我們四個小孩一人添購一件毛線衣，那時候毛線衣是很昂貴的衣服，都是花錢請人手工織的，一件要價一百多元，相當於一錢黃金。窮困時父親曾經拿去典當，一件還可以當三十元。我

我的父親，這是他唯一的照片。

記得有一次外婆過世，母親帶我們坐那種上面有蒸氣的普通號火車，從台北到彰化大約七個多小時，因為秀水沒有火車站，所以我們總是坐到花壇再走路到秀水。那次我們回秀水下崙村的母親娘家時，包袱在火車上被偷了，裡面最貴重的就是我們姊弟四人的毛線衣，為此母親在火車上還哭了很久。

父親當過的東西不少，除了毛線衣之外，家裡那支順風牌電扇和勝家牌縫紉機的車頭都被當過，兩樣的價錢都在一百多元上下。印象最深的便是家裡那兩個鋁製大水桶，許多回父親賭輸沒錢，就直接把好好的水桶敲扁，當成廢鐵拿去賣，所以我家的水桶常常在換新。

若遇到這種情形，家裡就只能靠我了。我常常去住家附近的文進雜貨店

賒米，有一次我剛把十斤米拿回家，幾個月沒收到房租的房東立刻將米給拿走；沒東西吃時，偶爾我也會去偷拔人家種在垃圾場的青菜。說來奇怪，人們隨意在垃圾場撒上菜籽，也不去照顧它，那些蔬菜就會長得又肥又大。

說實在的，如果有破銅爛鐵可賣，我也不想去做這種偷盜的事。通常我在垃圾場撿到的東西，可以讓我賣個兩、三元至七、八元，拿到錢之後，我會去菜市場買一些菜回家。那時豬肉一斤要五、六元，海豬肉（海豚）一斤卻只要兩元，所以我賣完破銅爛鐵後，若要買肉，一定是買海豬肉。不過海豬肉的味道很腥，它的顏色比牛肉還紅，裡面血水又多，我總是盡量用麻油、米酒、薑絲壓住味道，但效果不佳。儘管海豬肉的湯汁總是又腥又濁，大家還是都吃得津津有味。可能當年吃太多海豬肉了，現在和弟妹們一提到海豬，大家就想吐。

以前是沒有瓦斯爐這種東西的，有錢人煮飯都是用蓮炭（煤炭的一種。圓柱狀，上面有小孔，類似蓮蓬）；窮人買不起燃料，不是用木屑就是枯樹枝。幸好附近兵營煮飯後的煤碴，都會倒在我家門前的垃圾場，這一來，就提供了很多窮人家燃料。

兵營將一整天煮飯後的煤碴，集中在凌晨兩、三點倒在垃圾場，這些煤碴裡面夾雜著一些燃燒不完全的煤炭，不但自家可以用，還能拿去賣，一竹籃大約十斤可以賣兩元。三更半夜伸手不見五指的，通常只有兩、三個像我一樣年齡的女孩在撿，我們大都用手去觸摸這些煤碴，塊頭大又硬的便是品質好的煤碴。不過，這麼做也有危險，因為有些煤碴尚未熄滅，不小心摸到是會燙傷的。

早來才可以撿到又大又好的煤炭，如果等到天亮再來，那時候人多，煤炭不但較小，品質也比較差了。有時候，我也會帶弟弟們一起去撿。有一次，二弟不小心踩到尚未熄滅的煤炭，我趕緊將他背回去沖水，沖完水後，他整雙腳底腫得很大，偏偏那天父親很早便回家了，知道後非常生氣。母親不在，我趕緊躲到床下，父親就跑去門前拿晒衣服的竹竿，企圖將我趕出來。五坪大的床底，大概有五、六十公分高，每當父親發酒瘋，或是弟妹們出事時，這裡就是我最後的庇護之地。

最嚴重的一次是，我拿碗餵么弟喝藥，么弟吐出來，父親直接用那只碗砸向我。這一砸，不但把碗都砸破了，還砸到我的膝蓋，流了很多血，後來才知道關節都碎了。我痛得不斷尖叫，鄰居聽到後趕緊跑來阻止父親。我則趁著這個機會，爬到巷口的工廠找母親，血從我家一路滴到母親面前，母親看見我雙腳都是血，趕緊跟別人借了十元，讓我到西藥房包紮。

有了二弟燙傷的事件後，我再也不敢帶弟妹們去垃圾場撿煤碴了。

時光匆匆，幾十年過去。如今別說台北市，當時的台北縣、現在的新北市也很難找到這種露天大型垃圾場。現在的我生活優渥，卻沒有從前快樂。我常常懷念起小時候的生活，雖然窮困，卻不知道什麼叫做煩惱。缺什麼，只要去垃圾場走一遭，什麼都有了，但這種日子，隨著露天垃圾場的消失，永遠都不可能回來了。

葛樂禮颱風

民國五十二年九月十一日下午，葛樂禮颱風輕輕掃過台灣東北部，卻帶來空前的雨量，那時候淡水河的堤防還沒建，河水一下子便超過警戒線，淹進台北市。這次的颱風，在大同地區造成二、三十年內最嚴重的水災，我們居住的大龍峒大龍新村和旁邊的中興新村，是淹水最嚴重的區域，附近所有的矮房子都淹沒在水裡。

我記得那天雨勢很大，而且完全沒有中斷，沒多久家裡就淹水了。母親趕緊將棉被掛在橫梁上，把米、油、桌、椅什麼的，盡量往床上堆，一家人全窩在床上的角落，心裡盼望著大雨趕快停歇。因為是白天，並沒有想逃的

我帥氣的大弟——蘇光榮，拍攝時間大約是三十五年前，地點是我夫家的洋房頂樓。

念頭，誰知道雨不但沒停，反而下得更大，彷彿有人在雲端倒水。當水淹到床上時，父親終於做了一個決定——趕緊逃命去。我背著小弟，父親前面抱著四妹，後面背著二弟；至於大弟，因為之前和父親去收破爛翻車而壓斷腳，早一步回彰化養病逃過了一劫；母親則草草收拾幾件衣服，匆忙提著一鍋煮好的白飯和一包花生米。我們全家撤離了這間與我們共患難的木板矮房，目標是五十公尺遠的三層樓房。那是母親工作的衛生紙工廠，是方圓五百公尺內唯一的洋樓，每層都有超過一百坪的空間可以避難。

走出家門時，水已經淹到我的肚臍，等我們狼狽逃到工廠，回頭一看，我家已經滅頂了。不，應該說整個台北市都沉沒在水中，放眼望去，城市就像一片汪洋。許多人和我們一樣，在最後一刻才撤離家園，躲進這間孤島般的三樓洋房，算一算絕對超過上百人。我這輩子沒去過龜山島，但彼時的我，就如同颱風天被困在那裡一樣。若真的被困在龜山島，大概只能到水邊找些食物來吃，在這裡也是如此。

口渴時我們就喝雨水，肚子餓了就用竹竿綁上鐵絲，往洪水裡鉤動物吃。水裡什麼牲畜都有，雞、鴨、鵝、火雞……更大的牛、羊都有，牠們都死了，所以很乖不會跑，輕易就可以鉤過來。四隻腳的太麻煩，通常都放棄，我們大都鉤一些有翅膀的家禽。大人們用大臉盆接雨水，用衛生紙工廠的衛生紙充當燃料，生火煮開水替家禽去毛；除毛掏去內臟後，再切塊加鹽用水煮熟。可能這些家禽都剛死不久，除了肉比較紅之外，倒不會讓人覺得腥臭，相反地，大家還吃得津津有味；有時候撈不到東西吃，連泡水的麵線和活烏龜都抓來吃。就是在這場水災中，我第一次吃到烏龜肉，好死不死還吃到烏龜的頭，嚇了我一大跳，所以自從那次之後，我看到爬蟲類就會起雞皮疙瘩。

洪水中除了動物的屍體之外，還有很多家具，連棺材都有，弟妹們也在洪水中撿到不少玩具。這場長達四天的水災，讓很多地方失去了電力，每當夜晚來臨，大人就用衛生紙生火，大家圍在一起聊天，也算苦中作樂。遠處的大同公司不時閃現火光，偶爾傳來爆炸聲，接著就聽到有人喊救命；這種淒厲的尖叫，往往讓人無法入睡。

感覺上，這場水災好像經過數年才結束，其實我們待在紙工廠的時間不到一星期。這場水災讓台北市一半以上的房屋泡水，製造出幾萬個災民。水退之後，我們結束衛生紙工廠的集體生活，每個人都心急地趕回家察看，我家堆在床上的東西隨著房門大開全都離家出走了，只剩那條被母親掛在橫梁的舊棉被，因為飽含水分無法順利取下，乾脆讓它待在原處風乾。

水退之後，垃圾量大增，每天卡車一輛接一輛，卸下從台北市各處收集來的「新鮮」垃圾。那時候整個台北市只有兩處垃圾場，一處是現在的松山機場，那是最大的垃圾場，以前我們和鄰居的姊妹淘常騎腳踏車去那裡撿破爛，由於路途遙遠還必須帶便當；另一處垃圾場就是我家前面這一個，因為我要帶弟妹不能跑遠，只能在附近撿破爛。颱風奪去我們生活所需的物品，轉了一圈我又從垃圾場找回失去的鍋碗瓢盆、衣服、褲子、櫥櫃……雖然不是原來的，但也不差。

除此之外，我還撿到可以賣錢的頭髮、金牙齒等。那把又長又黑的頭髮，是歌仔戲班做鬍子最愛的材料；金牙齒則有兩顆，應該可以賣不少錢。

值得一提的是，風災後，附近美軍顧問團的餿水中出現了很多西洋梨和蘋果，這些水果大多只被咬一口，都還很青脆就被丟棄，實在非常可惜！當時買一顆蘋果的錢大概可以買三隻雞，所以每次美軍顧問團的卡車出現在垃圾場，總會引起一陣騷動，倒下來的水果會讓大家像蒼蠅一樣爭相搶奪，那陣子我家經常吃蘋果，後來對蘋果還產生了厭膩感。

美軍顧問團除了蘋果令我記憶深刻之外，還有一件事令我至今難以釋懷，那就是他們也會丟掉一些很好的舊衣服。奇怪的是，出現在垃圾場的衣服，每一件都被剪刀剪得破破爛爛，不知道他們是故意的，還是另有苦衷。總之，這也讓我覺得很可惜。

由於難民大增，緊接著，大龍峒的保安宮便出現國軍官兵煮的免費飯菜。每個人可以領一張飯票，領到飯票再去換飯菜，每天都是三菜一湯。主菜大都是肥豬肉炒青椒和豆乾，飯吃完可以再去要，湯則自己舀。這樣的飯菜在現在可能沒什麼，但對那時常常沒飯吃的我們而言，卻是山珍海味。由於我一人無法照顧那麼多弟妹，所以每天父親都會帶著二弟和四妹一起去撿破爛，我只要負責照顧兩歲大的小弟就好。

全家吃完早餐出門後，我會背著小弟去撿破爛，接近午、晚飯時間就去領飯票。飯票一人只能領一張，有到現場的才能吃，我和小弟只能領兩張。不能幫其他家人帶些飯菜回去實在可惜，於是每次吃完，我都背著小弟蹲在地上幫官兵洗鐵餐盤，洗完餐具，官兵都會包一些飯菜讓我帶回家，每次弟妹們看到那些飯菜都搶著吃。

賑災雖然長達三個月，對我來說卻結束得很快，因為再也沒有免費的飯菜可吃。收破爛的父親雖然在這場風災中發了一筆意外之財，卻不敵我們的損失和家中五張嗷嗷待哺的小口，所以我們被政府歸類為災民中的貧戶。我們去大同區公所領了一捆舊衣服，這些衣服又破又舊又不合身，對我家幫助不大，不過那不打緊，最重要的是有錢可以領。我家因為沒有房子、小孩又多，前後去區公所領了兩千元，對我們來說真的是一筆很大的金額。

貧戶在這次風災中得到不少補助，有房有店的人家卻只能自力救濟減少損失。我家巷口的雜貨店老闆不甘損失，將泡過水的米、麵線拿出來晒晒太陽後又繼續賣，連泡過水的腐敗罐頭也捨不得丟棄。因為物資缺乏且問題食物很多，賑災的國軍撤離之後，我每天到垃圾場偷拔人家的A菜補充營養。那陣子我們天天吃A菜，足足吃了一個月，導致後來我一見到A菜，就想起民國五十二年九月十一日的葛樂禮颱風。

明月酒家

原以為我的童年會在照顧弟妹的生活中度過，誰知道十一歲的時候，父親透過朋友介紹，把我送到清茶館當小妹，做些燒水、掃地、送乾果給客人的簡單工作。清茶館的客人雖然會毛手毛腳，但還不至於太過分。那家位於涼州街大光明戲院旁的清茶館，來往的客人大都是歌仔戲團員和戲迷，因為清茶館的老闆娘本身就是南管小生兼團主。

我在那裡工作是沒有底薪的，收入全靠客人小費一、兩元地給，可能我發育得還不錯，加上面容標緻，很得清茶館客人的寵愛，老闆娘更是喜歡我，因此十二歲的時候，老闆娘決定用三千元買斷我的一生，栽培我當歌仔

少女時期的我，攝於四十年前的外雙溪。

戲團的小生。當時三洋十九吋電視一台要六千九百五十元，我的一生，還不值半台電視機呢！父親迫於無奈想把我賣掉，這樣一來，不但可以少張嘴吃飯，還可以拿到三千元。

當時的三千元不是一筆小數目，那是一般人一年的工資，對家裡的幫助很大。後來，我並沒有順利被賣掉，因為簽約那天，老闆娘有急事趕到菲律賓而作罷。

家裡有太多張嘴要吃飯，加上父親染上喝酒、賭博的惡習，所以很需要錢，沒想到無法將我賣給歌仔戲團主，只好另外想辦法。當時我們鄰居有一位叫「陳美英」的女人，大我七、八歲，她在板橋南雅南路火車站旁一間「明月酒家」上班。美英姊之所以會去酒家上班，是因為她有一位很愛賭博的母親，而且她也和我一樣，有四個年幼的弟妹要養。為了改善家境，父親希望我跟著美英姊去酒家上班。

當時我已經十二歲了，不過尚未成年，無法像美英姊一樣做些陪酒的工作，頂多只能當個服務小妹而已。當時的板橋，還是一幅農村的景象，除了火車站外有幾間兩樓半的洋房之外，放眼望去都是水田、筍田。那時民風還很保守，酒店小姐只需要唱唱歌、陪客人喝酒聊天，也許客人會趁機吃吃豆腐，但是要不要出賣身體還是看自己。

小姐坐檯，一檯大概可以賺五至十元，我在那裡和清茶館一樣，也是沒有底薪的，只能跑跑腿，替小姐、客人買菸買檳榔，或送送茶酒，把灑了明星花露水的毛巾送到客人面前，藉此賺取小費。好的時候，一天可以賺上五、六十元，是女工一天薪水的五、六倍。其實我的薪水足以養活一家七口，可是我賺得愈多，愛賭博的父親就花得愈多。

那時候交通不發達，板橋到台北的大龍峒，坐公路局一趟要兩元車資，車程得耗掉兩小時，來回就四小時了，非常不方便，所以我就和其他小妹、小姐一起住在明月酒家的地下室。明月酒家是一棟兩樓半的透天厝，地下室是我們的起居室，一樓是大廳，二樓有八個包廂，三樓則是半間用稻草當屋頂的小屋，這裡共有八位小姐和三個小妹。

父親三天兩頭就會請鄰居一位叫「阿保」的小夥子，載他來明月酒家跟我要錢，我和阿保有一段故事，請容我稍後再提。父親常常來拿錢，本來就讓我壓力很大，誰知道，沒多久竟發生一件事，這件事幾乎把我給壓垮了！

明月酒家的老闆是一個中年單身男子，他請了兩個人照顧我們的生活起居，一個歐吉桑負責煮飯給我們吃，另一個歐巴桑負責幫我們洗衣服，若有客人不小心闖進我們睡覺的地下室，那兩個傭人會請走他們。

不過，百密總有一疏。

一天，如往常一樣，我忙完樓上的客人後，就去洗澡準備早早就寢。這是小妹的福利，那些難纏的客人，交給小姐去處理就行了。我們的寢室是屬於和式的房間，小姐睡一間，小妹睡一間，由於室友很多，又有傭人看顧，所以房門很少上鎖，沒想到卻變成安全上的漏洞。

那天晚上，我躺在床上快要睡著時，忽然被一陣粗魯的拉門聲吵醒，這不是自己人拉門的聲音。我馬上張開眼睛，一看，昏暗的光線中，一個陌生的男人闖進來，就站在我的面前，我無法看清他的五官，只知道他滿身的酒氣。我不安地坐起來，不知如何是好，忽然間，他跌跌撞撞撲向我，重重壓在我身上，一隻手隨即掐住我的脖子，另一手則開始撕扯我的衣褲。我嚇得不斷掙扎、尖叫，感覺很久之後才有人進來救我。

那男人一下子就被拉出房門不知去向，由於事情發生得太突然，以至於我無法清楚說出被侵犯的完整過程，不過事實如何一點也不重要，強暴這種事在酒家並非什麼新鮮事，所以，最後總是被大事化小地抹平了。

對別人來說，這件事算已經結束了，對我來說，卻是一場怎麼也忘不了的噩夢。儘管美英姊不斷安慰我，但我依然決定自殺！

少女時的我，還梳著兩支辮子十分清純。這照片攝於四十年前，地點是外雙溪。

隔天晚上，我趁著大家都在忙碌的時候，偷偷跑到西藥房買了一瓶安眠藥，回來後躲在房間，一次吞了三十幾顆。奇怪的是，吞完後我竟然一點睡意也沒有，只是覺得很累，想躺在床上好好休息。我在床上躺了很久，清楚地知道自己並沒有睡著，一度我還懷疑自己買到假藥。無論真藥還是假藥，我知道我被送進醫院了，在那裡躺了一天一夜。沒死的我，終於離開這個聲色場所。自殺，居然讓我獲得重生。

因為自殺的關係，父親不再逼我到聲色場所工作，我在家裡整整休息了半年，每天不是照顧弟妹，就是到垃圾場撿破爛。那時，我有一個叔公在彰化火車站後面的「大如」鳳梨工廠當工頭，他知道我自殺的事情後，寫信給我父親，建議不如讓我到鳳梨加工廠上班。因此，我又回到故鄉秀水。

工廠的薪水和酒家小妹真是差很多，這裡月休兩天，一天工作十二小時，日薪才十元，且不供吃。所以我都自己帶米去工廠，趁著蒸鳳梨時，一起煮飯。

每天早上五點不到，我和表姊從秀水騎腳踏車到彰化後火車站上班。這趟路雖然有點遠，我們倒覺得沒有什麼，無法適應的是，來回的路上天色幾乎都是暗的，且沒有路燈，鬼影幢幢。兩個女生常常被路上的狗追，後來我們就請叔公幫我們安排住宿。

其實我們並不喜歡住在工廠，因為那裡的宿舍很簡陋。日式木造房屋裡面並沒有柔軟的榻榻米，所謂的床鋪只是幾塊破爛不堪的木板而已，所以住宿的員工很少，我和表姊住在一起，共用一頂蚊帳、一床棉被。

那時鳳梨和香蕉是台灣農產品外銷的主力，所以台灣人很少吃到新鮮的鳳梨和香蕉，我們吃到的香蕉大都是脫水的香蕉乾；至於鳳梨，台灣人吃到的大都是鳳梨芯。去芯的鳳梨，用糖水煮過做成罐頭外銷非常受歡迎，所以過年過節買鳳梨罐頭送人是非常體面的。

我們工廠一天兩班，早上六點和晚上六點是交接班時刻，二十四小時都在生產。關於鳳梨加工的流程大概是這樣：鳳梨清洗乾淨送進機器後，出來就剩下果肉，至於脆脆的鳳梨芯不能丟掉，經過糖水蒸煮，染成紅色之後可以賣到雜貨店，那是當時小孩子喜愛的零食之一。至於整顆的鳳梨果肉，經過機器切片之後，我們會將它放入鐵罐裡面，加糖水蒸煮，冷卻後再密封；若遇到品質不好的，就切成小塊，做成次級罐頭。

那時我和表姊每星期回去秀水一次，叔公會把一星期的糧食發給我們。一罐「同榮牌魚罐頭」要吃三天，也就是九餐，因為分量很少，所以我都會將罐頭倒在碗公裡，再放很多醬油泡著。要不從阿嬤那裡拿一些醬芋頭、醬蘿蔔、醬豌豆、醬大頭菜……這些都是現在吃不到的美食。至於米，一天只有半斤，這樣的分量對我來說根本不夠，所以我常偷吃表姊的蘿蔔乾和鳳梨罐頭。

那時候，大家常常都吃不飽，會去偷拿鳳梨罐頭來吃，吃完就將鐵罐子丟到工廠後面的鐵軌上。我大概吃了四個月的鳳梨，有一天，父親請人寫信給我，說他在台北幫我找到一個比較好的工作，因此，我又回到了大龍峒。

我的十五歲婚禮

離開鳳梨加工廠之後，父親安排我到大龍峒一間名叫「大山鑄造廠」的工廠車螺絲，工作時，我總是很努力學習，沒多久我便當上師傅。這裡一天的工資是十四元，加班一個晚上是五元，工作時間比鳳梨工廠多四小時，一天足足多了九元。

大山鑄造廠的薪水，雖然不到明月酒家的一半，我在這裡卻很快樂。

這張相片攝於民國五十八年，當時的我十七歲。

除此之外，我還認識了一個對我很好的男生。他姓邱，才剛退伍回來，是我們隔壁紙工廠的工人。邱大哥不算高，長得也不是很英俊，但是大家都說他很老實。當時我未滿十四歲，還很單純，邱大哥託人說要和我做朋友，我不知道「做朋友」真正的涵義，就爽快地答應他了。從此，每天中午休息時間，邱大哥必定提著飲料和便當來給我吃。

我離開酒家之後，家裡的收入少了很多，於是，國小剛畢業的大弟也進來大山鑄造廠工作。那時我們姊弟倆，每次吃飯都是兩盒白飯共配一道菜脯蛋，這對還在發育的我們來說實在不夠營養，因此，每天有人請我吃便當和飲料，我當然樂得開懷大吃。

邱大哥給的便當裡面不但有白飯、青菜，還有蛋和鹹魚，真是非常豐盛。下班後，邱大哥偶爾也會帶我到附近的公園散步，身為長女的我，上無兄姊，有一個大哥哥可以照顧我，真是令人感到幸福——年少的心靈並不知道，這可能就是愛。其實，這算是我一生中唯一的戀愛了！

當時沉浸在幸福滋味的我們，猶不知命運已悄悄地對我們另做安排。當時同工廠不同部門的阿德，早就注意我很久了。阿德偷偷叫工廠一位年長的前輩到我家說媒，我的母親則瞞著我，到阿德家了解他的家世背景。阿德家雖然不算有錢，但受惠於「耕者有其田」的政策，在五股擁有一大片農田。母親一看到阿德家的土地和紅磚厝，當下就決定了這門親事。儘管我的父親覺得我太年輕，並不贊成這門親事，沒多久，阿德還是來送訂了。

這件事我一直被蒙在鼓裡，直到送訂前三天，母親笑嘻嘻地告訴我：「過幾天有人要來送訂，會送很多喜餅來，帶妳去做一件洋裝。」這件事才算有了徵兆。三天後，阿德和媒人如約來送訂。他們送來一只一錢的金戒指、一條一兩的金項鍊、六千二的聘金、二十盒大餅、六十六盒禮餅。我的身價，比起兩年前差點被賣到歌仔戲團時翻漲了一倍。

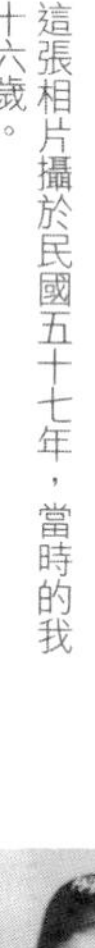

這張相片攝於民國五十七年，當時的我十六歲。

但十四歲的我，並不知道什麼叫「送訂」，還開心地跟邱大哥說：「有人來我家送訂，還送來很多喜餅。」邱大哥聽完我的話，臉色變得很難看，然後沉默了很久，讓我不知所措。後來他終於吐出一句話：「好！我知道了。」那是邱大哥留給我的最後一句話，沒多久邱大哥便辭職，悄悄離開那間工廠。

其實，我和阿德訂婚，失戀的不只邱大哥，還有之前經常載父親到明月酒家找我拿錢的「阿保」。阿保大我五、六歲，雖然年輕，卻是和父親同輩的朋友。另外，阿保還有一個雙胞胎的兄弟叫做「阿財」，父親曾對他們兄弟承諾，將來要把我嫁給他們其中之一，沒想到我提前被人訂走了，父親只好改口，說那就把四妹阿娥嫁給他們其中一人。可是人算不如天算，四妹後來卻嫁給了來我家刷油漆的工人，阿保眼看無法當父親的女婿，乾脆拜父親做乾爹，後來他們兄弟一直未娶，如今阿財已經過世，阿保則下落不明。

我一直到訂婚那天，才看到自己未來的丈夫。在此之前，我對阿德一點印象也沒有，所以對他很冷淡。阿德為了討好我，經常加班，賺一個晚上五元的加班費，帶我去看電影。當時我不太喜歡和他出去，總是要父母催促。一年後，阿德便來迎娶，結婚時我才剛滿十五歲，阿德卻已經二十六歲了。

以前的人結婚，男方看聘金，女方看嫁妝，若價值太少，會被親家看不起。知道自己要結婚之後，我開口跟父親要一輛「幸福牌腳踏車」，這一輛要一千元左右，結果父親連七百元的「勝利牌腳踏車」也沒買給我。我的嫁妝是一台「二手唱機」，這是娘家後面一位鄰居賣給父親的，要價一千元；

攝於民國五十八年，當時的我十七歲。

另外還有三套旗袍，價值大概三百多元。這些嫁妝的錢都是父母跟人家借的，後來還是我自己慢慢還清。

說穿了，這些嫁妝最大的功用就是給人批評比較的。結婚當天，我坐在新房，按禮俗，必須打開房間所有抽屜、櫃子，讓所有親友，尤其是男方家長和妯娌，看看我從娘家帶來多少財物。後來我才知道，妯娌們的嫁妝真是氣派，有人帶八千元現金，有人帶電視、洗衣機……這些東西，奠定了她們在夫家的地位。

從前的女人，婚後都被迫冠夫姓，我也不例外。但是我更徹底，不只「姓」換了，連「名字」也改了。關於這個名字是有故事的。之前在大山鑄造廠工作時，那裡有幾十個員工，裡面卻只有四個女生，於是我們私下結拜，並各取「秀鳳」、「金鳳」、「美鳳」、「玉鳳」來紀念這段友情，後來夫家也跟著這麼叫。婚後的我，就從「蘇綉雲」變成了「徐玉鳳」。

雲和鳳都是在天空四處流轉，雲隨著風飄蕩，鳳則是比較有自由的可能。這似乎預言著我未來的人生。

遠東西樂隊

現在，就來說說「徐玉鳳」這個女子的故事。

婚前阿德來提親，說他只有三個兄弟，婚後才知道應該乘以二，阿德共有六個兄弟和一個妹妹。這是什麼意思？意思是他們是一個龐大的家族，吃飯要開兩、三桌，還得養雞鴨貓狗豬牛，做手工，輪流照顧中風的婆婆。

以前沒有瓦斯爐，吃飯是件大事，我們的燃料是山上的竹子，煮飯的人必須自己上山去砍，再扛下來。那時候山裡青竹絲很多，常常會追人、咬人，所以我很怕上山。再者，煮這種大鍋大灶，對我來說真是壓力很大，農忙時，連同點心一天得煮五餐，還得晒穀子。那時有四個妯娌在輪替，大嫂的年紀都幾乎可以當我媽了，這些事對她來說駕輕就熟；二嫂、三嫂的年紀都大我很多歲，這些家事對她們來說也都可以應付。至於我，一個十五歲的女子，可能經驗不夠，真的很吃不消，因此我常藉故回娘家去。

回到娘家，和大龍峒的姊妹們聊天，得知不會樂器的她們，常去保安街四十八號的遠東西樂隊冒充樂手，一趟可以賺十六元，若遇到黃道吉日，可以做個三趟，另外還有喪家提供的免費點心可吃！這比起之前在大山鑄造廠，一天連加班費才十九元可說是好太多了，因此，我常藉故回娘家或幫朋友賣麵，跑去賺外快。

以前西樂隊的成員常隨著喪家的要求增加或減少，如果喪家要很多人，那西樂隊的團主就會去特定場所找人。像台北橋下、萬華龍山寺、涼州街的慈聖宮媽祖廟等地方，當時那裡聚集了許多北上找不到工作的待業者和遊民，許多沒人想做的行業像「抬棺材」等工作，也經常到這些地方找人。

這些臨時加入西樂隊的成員當然都不會樂器，團主找他們去，不過是要他們充充場面、做做樣子而已。有些不要說演奏，連樂器怎麼拿都不會。

不會樂器的人，一趟工資是十六元；會樂器的則是二十五元。可是這些臨時工，因為不是固定班底，所以常常很不敬業地四處亂跑，只有吃點心時會自動出現，團主很難掌控他們的行蹤。留在靈堂的，往往是那幾個會樂器的正式團員，有時候來賓要上香，需要奏樂，還找不到西樂隊團員，好的喪家會睜一隻眼閉一隻眼，遇到精打細算的，就免不了東扣西扣。

這照片攝於民國六十年，左邊的是我，當時我已當上遠東西樂隊的指揮。

印象最深的是，有一次我們去萬華出勤，往生者是一位黑道大哥，出殯時，黑道大哥的家屬竟然走進樂隊裡面，一個一個檢查，看有沒有冒牌貨，果然是見過世面的人。這一聽，結果揭曉，四十個團員裡面，只有十五個人會演奏。出殯回來後，當團主要跟喪家收錢時，喪家很不客氣地對團主說：「你那團，四十個人裡面有二十五個瞎子，所以我只能給你十五個人的錢。」對方是黑道大哥的家屬，團主只能摸摸鼻子接受了。

由於這個工作，我看過很多死人，人家都說我的膽子很大。在西樂隊出勤時，同事們最喜歡拉著我去看遺體，殯儀館的遺體種類很多，各種死相都有。當遺體從冰櫃推到走廊，等候家屬做最後的確認時，會用一個類似蚊帳的四方形網子罩著，防止蒼蠅靠近；透過網子，五官都可以看得很清楚。

有些車禍或者跳樓摔得支離破碎的遺體，經過化妝師的巧手縫補，一點都看不出傷口。像阿德他們工廠一位日本籍課長跳樓自殺，當時死狀奇慘，頭殼還破了一個大洞，經過化妝師的處理，才恢復了原貌。另外還有一些怪異的習俗，頗令人大開眼界。像是未出嫁的少女過世，要被人用大紅布料像蛋卷一樣包起來，如同埃及的木乃伊。

我在西樂隊多年，也曾經趁這個機會學習薩克斯風，希望自己可以多一些才藝，多賺一些錢。可惜五線譜不想認識我，學了三個月，一點進步也沒有，老師對我還不錯，乾脆叫我去當西樂隊指揮。這差事比不會樂器的一趟多四元，又可以神氣地帶隊走在人群之前，頗讓我感到驕傲。

本來去西樂隊出勤這件事，可說是神不知鬼不覺，不料家族的人看我常常拿毛巾回來，跑去問阿德，事情就這麼傳開了，大家都知道我在西樂隊工作的事。以前的人常說：「第一衰，娶到剃頭和吹鼓吹。」而我們的行業，就被歸類在吹鼓吹。因此，後來我每次藉故要出門時，公公看到就會生氣地說：「又要去賺死人錢了。」

我父親的脾氣十分暴躁，但我公公也不遑多讓。夫家附近有一個憲兵營，現在也還在，那時常常有阿兵哥來借農具，若公公看見我借他們東西，就會罵我：「不要臉！見到男人就要勾引……」因為家務繁重，加上十五歲的我不知如何和這麼多人相處，常受到批評，我開始浮現離家出走的念頭。

上天彷彿知道了我的心思，有一天，公公騎腳踏車經過泰山和五股交界的黑橋頭時，竟然不小心跌到橋下摔斷腿，被送進了醫院。公公平日盯我盯得很緊，現在他不在家，我見機會難得，草草收拾行李，到萬華把結婚戒指當了一百九十元，然後坐了一天一夜的火車到左營，準備去投靠之前在明月酒家陪酒的鄰居——美英姊。

婚後沒多久，美英姊曾經寫過一封信給我，說他們全家搬到左營去了，美英姊現在在左營一家酒家上班。美英姊在信中透露出對我的羨慕，她不知道我婚後的生活有多麼辛苦。

到了左營，我的臉都被火車燻黑了，接著，我花了三元雇了一輛三輪車，前往美英姊家，沒想到卻撲了個空。美英姊的母親告訴我，她現在住在高雄，要打電話叫她回來和我會面，不過要半天的時間。當時我信以為真，還利用等她的空檔，跑去左營一家戲院看戲，那天上演了一齣戲，叫《一棺雙屍案》。這齣戲，似乎預言著我的未來。

等了半天，美英姊的母親說，她被事情耽擱了，可能要晚一點回來。誰知道等到最後，來見我的居然是父親和阿保！原來美英姊的母親一見到我，就偷偷打電報回大龍峒給我的父親，至於美英姊，後來才知道她完全不知情。薑還是老的辣，美英姊的母親不但把我騙得團團轉，而且還看出我已經懷孕了。當父親一見到我時，本想狠狠給我幾個巴掌，幸好美英姊的母親出手阻止，她說：「看你們家綉雲的屁股，變得那麼圓又那麼翹，可能已經有身孕了！你這麼一巴掌打下去，把人家的孫子打壞了，你要怎麼賠？」

因為這幾句話，父親收起了暴躁的個性，接著，我又坐了一天一夜的火車回到台北。

父親告訴公公婆婆我已經懷孕的事，所以夫家的人也沒動我，但是公公難聽的話是少不了的。我心想，既然逃不了，乾脆再來自殺。

上次在明月酒家自殺時，吞了三十幾顆安眠藥結果沒死，有了那次失敗的經驗，這次我足足吞了一百多顆，被醫生整得半死，結果還是死不了。為了肚子裡的小孩，我暫時打消尋死的念頭，幾個月後的一天，中風的婆婆忽然把阿德叫到床邊說：「玉鳳的肚子沉得很厲害，腳走路有點開開，可能快生了！今天別去上班，陪她去產婆那裡看看。」

對於婆婆的話，全家上下無人相信，卻沒人表現出懷疑的態度，於是，當天阿德便請假陪我到泰山產婆那裡。產婆看一看，笑著說還早呢，叫我不妨到街上走走，過幾個小時再來看看。沒想到，我才走到幾百公尺遠的下泰山巖祖師廟前的菜市場，羊水就破了，接著小孩的頭就露出來了！我只好用兩隻手先接住小孩，趕緊回到產婆那裡。

前後不到半小時，大女兒便出生了。阿德回去報喜，卻沒有一個人煮食物給我進補，最後產婆看不下去，煮了一碗紅糖加蛋給我填填肚子，我才有力氣走路回家。後來，阿德還向人借錢包了三百二十元的紅包給產婆。

說到阿德借錢的事，我就滿肚子委屈。阿德賺的薪水，無論多少，總是全部交給我大伯，所以我們身邊都沒有半毛錢。我曾經要阿德留一點在身邊，但阿德會生氣地對我說：「要什麼大哥都會買，幹麼留錢？」沒錯，日常用品都是大伯在買，連我們妯娌的內衣褲、月事來時用的黑布巾，都是大伯在發落。若要私房錢，就得學嫂嫂她們，做皮革加工。

她們將一條一條細麵條般的牛皮，編織成一片五十乘五十公分大小的緊密皮面，那是做皮鞋的材料。編織這樣一片成品，可以賺二十五元，大嫂只要一天就可以完成，但我卻要三天，因此，我對這項手工可說是興趣缺缺。

後來，阿德進了五股的「榮隆紡織廠」煮飯，要我進去當揀菜、切菜的助手，加上公公的阻止，西樂隊的差事，就這樣暫時被迫中斷了。

搬新家

由於五弟媳長期不肯輪流煮飯，那天妯娌間終於爆發嚴重的口角，大家協議分家。

當天，我去西樂隊出勤，阿德也去上班了，所以我們都不知道這件事。等到我們回家才發現，大家已經分家了，一些豬油、豬仔都被分光光，我們只得到一張長椅、方桌和幾個碗。

之前公公在五股的田地被中油徵收，公公利用那筆錢，在泰山買了一大片土地，和一間連著一百多坪土地的小工寮。大片土地被分割成六塊，每塊大約有七百坪，六兄弟一人一塊。至於那間小工寮，則分給願意搬來泰山的人。當時我和阿德都會騎腳踏車，妯娌們都不會，覺得交通不方便，所以意願不大。我和阿德覺得和兄弟住在一起是非很多，所以極力爭取泰山那間工寮，最後終於如願搬出來，對於這樣的結果，我感到很高興。

原本以為可以從此逃出大家庭的是是非非，沒想到卻掉入另一個更大的漩渦。

我們新家附近，幾乎清一色都是姓陳，他們全都有血緣關係，百來人的村落，只有我們是外人，幸好大家都處得還不錯。

為了讓全家有更好的生活環境，我在村子起了會，準備蓋一間二樓的透天厝。當時整個村子只有一棟二樓透天厝，它的主人是村子裡一位人人稱為「伯公」的人。伯公深怕我新蓋的房子比

剛搬到泰山時，我們居住的農舍。

他的高，所以開工後，頻頻告誡我，房子不可以高過他的透天厝。

只怪我當時太年輕，一點也沒有把伯公的話聽進耳朵，結果我的輕忽換來嚴重的後果。

新房落成後，明顯比伯公家高出一公尺有餘，這點令伯公很不舒服，於是他動用關係，跑去拆除大隊舉發我們，說我們的農舍不符合政府規定。雖然當時政府對於農舍的高度有一定的標準，但大都睜一隻眼閉一隻眼。所以伯公家才能蓋透天厝。可笑的是，伯公舉發我們之後，他的親戚還特地跑來跟我說：「如果拆除大隊來了，妳不可以跟他們說，為什麼旁邊可以蓋透天，我卻不可以。」

拆除大隊跟我宣布了拆除的日期，我當然不能坐視自己辛苦起建的樓房被拆。經過指點，我跑去找管區。我買了一盒肉乾，裡面藏了三千元，將它送給管區，可惜公文已經送到拆除大隊那裡了，管區表示無法幫我，我只好黯然離開。誰知我前腳才踏入家門，管區後腳就到。

因為我離開後，他才發現肉乾裡面藏著三千元，於是立刻將錢拿來歸還。經過這件事，我家和管區成為世交，一直到他過世為止都有往來。

經過打聽，我找到拆除大隊的隊長，他住在三重，家裡非常有錢。我在一個禮盒中放了五千元，希望他可以高抬貴手。記得那天我去拜訪他，他剛好在洗澡，他家人請我在客廳等候。後來他見到我，眼神非常不尋常地盯著我，表示這件事需要另外約時間、地點才能談，我一聽覺得很不單純，當場拒絕。隊長也是個見過世面的人，立刻拆開禮盒，把五千元還給了我。

日期一到，拆除大隊果然現身，那天阿德居然還正常上班，留我一個十八歲的女人處理這個難題。我叫了三箱黑松汽水、兩條長壽香菸，請那些拆除大隊緩一緩，我再次將五千元塞給拆除大隊的隊長，隊長則請我去找副隊長，找到副隊長之後，我卑微地請副隊長收下這五千元紅包，說是給他們喝涼水，請他們手下留情。

拆除大隊在我的懇求下，放過了樓梯、梁柱這些重要的基礎，使我日後可以修補，而無須整棟打掉重蓋。結果我家二樓四個房間，每一間的天花板都被打出一個大洞，夜晚睡覺時可以直接看到星星，下雨時則無法住人，只好用帆布蓋起來，等待機會重建。

當時阿德的二哥有個結拜兄弟要出來選縣議員，知道這件事後，我立刻去拜訪他。我們達成一個協定，就是我無條件幫他助選，他若當選，就協助我重建房子。以前的選舉不像現在，好像辦廟會一樣熱鬧，我們當時的隊伍總共有五個人，候選人夫婦兩人、助選員兩人、司機一人。

候選人夫婦站在小貨車上揮手，我和另一位助選員則走在貨車後面，我負責說台語，另一位負責說國語。因為候選人是外省人，所以我們大都到眷村拜訪、拉票。

如此足足走了十天。我的嗓子啞了、腿快斷了，總算皇天不負苦心人，我助選的候選人當選了！距離房子被拆大概有一年多的時間，這一年多來，我雖然住在透天厝中，卻得忍受日晒雨淋的煎熬，如今，終於可以結束這種痛苦。

經過這件事，我和鄰居們的關係變得很緊張，尤其是伯公，本想盡量避開和他接觸的機會，無奈之前為了蓋房子起的許多會，伯公都有參加，實在很難和他劃清界線。那天中午，有個會要標，我事先問伯公要不要標，他說不要，於是會就被別人標走了。誰知，到了下午，伯公竟然反悔說要標，他要求我把所有的人找回來再標一次，這件事實在很困難，我當場拒絕了他的要求。

沒想到他竟然不讓我走，我們兩個人在晒穀場拉扯起來。那時我懷了第二胎，父親剛好拿虱目魚湯來給我喝，遠遠看到伯公拉著我，立刻跑過來調解，可惜我已經不小心將伯公抓傷，在他身上留下難以抹滅的證據。伯公看到我父親後，急忙放手離開，當天晚上，我家來了幾個流氓，屋外被上百個人團團包圍。

阿德和我們的一雙子女，在修補後的透天厝頂樓合影。

伯公對外的說法是：「玉鳳的父親抓著我讓她打。」怪只怪我失手傷了他，再怎麼解釋都有過錯。流氓一到我家，就抓住阿德興師問罪，我跟流氓說，這件事和我丈夫無關，請他們找我。以前的流氓都很講道理，我只好把來龍去脈一一說明。但流氓表示，他們已經喝了伯公的酒，非給他一個交代不可！我走到二樓陽台，看看外頭那上百個人，全都是伯公的親戚，有人看到我，立刻在人群中叫囂：「敢欺負我們姓陳的，我們一人一口痰，就可以把你們全家淹死。」

我看再怎麼解釋也沒有用了，除了道歉之外，沒有其他辦法。我只好乖乖來到伯公家，當著上百個人的面，下跪向他道歉，這件事才算告一段落。

阿蓮

搬到新家第二年，也就是我十八歲那年，我懷了第二胎。但是，阿德派給我的工作並沒有減少。

當時丈夫還在五股的「榮隆紡織廠」煮飯，家裡的七百坪農地和牲畜就交給我了。我一個女人，大腹便便又帶著一個兩歲的女兒已經很忙了，還要種田、養豬、兔子……這些工作加起來不會比分家之前少，為此，我再度感到疲累。我不斷地忍耐忍耐，直到有一天半夜兩點多，阿德又叫我起床「巡田水」，我終於情緒崩潰，決定第三度自殺！

隔天早上──應該說是當天早上，我趁著阿德去工作時，把一瓶毒頭蝨的藥水整瓶喝光。這瓶藥水是我四妹在用的，因為我太忙的關係，請四妹搬來我家幫忙，當時四妹就讀泰山國小三年級，還只是個小女孩而已。我曾經天真地想過，等四妹再大一點，嫁給我丈夫當「細姨」，這樣我就不會那麼辛苦了。誰知道四妹不但沒幫上什麼忙，反而給我惹了很多麻煩。她一天到晚蹺課，還常常跑去跟阿德住在泰山的親戚借錢，最後，我一氣之下，把四妹的書包丟到「豬屎窟」，並要她搬走。

自殺時，我已經懷孕九個月了。我不知道當時的我，為什麼可以如此狠心地對待肚子裡那個小孩。也不知道是毒藥不夠毒，還是我命不該絕，一直到阿德回來，我都還沒死！只覺得毒藥很油膩，肚子有點痛。阿德知道後，把我送到泰山一家診所急救，本來醫生要幫我灌腸，但因肚子裡的小孩太大而作罷。醫生請護士幫我準備一大臉盆紫色的藥水，不知道那是什麼藥水，聞了就想吐，醫生卻要我將那盆藥水全部喝下。

在阿德的監督下，我邊喝邊吐，一直到喝光那盆藥水，我肚子裡的東西也吐得差不多了。沒想到，真正讓人痛苦不堪的並非毒藥，而是救人的藥水。

這次，閻王爺依然不肯收我，我只好蒙恩繼續苟活。一個月後，我的兒子出生了。意外的是，兒子沒有任何殘缺，只是發起脾氣來，習慣性往後仰。

兒子和女兒的名字，都是我看電視連續劇取的，女兒叫「美惠」，兒子叫「正雄」。我和公公都很喜歡看電視，所以，生完兒子坐月子時，阿德花了五千元，分期付款買了一台電視給我們看，那時電視節目正流行「摔角」和「雲州大儒俠」。兒子出生後，很多家務事都忙不過來，雖然四妹偶爾會來幫忙，但人手還是不足，有一天，阿德用他的老爺腳踏車載回一個女孩，這個女孩叫做「阿蓮」，是我們以前在「榮隆紡織廠」的同事。「榮隆紡織廠」是一間建教合作的工廠，除了少數男性技工之外，裡面清一色是女工，大約有四百多名。她們

我們全家福，大約攝於民國六十年，相片上的塗鴉是兒子的傑作。

一天三班輪作，可讀書可賺錢，又供給伙食住宿，所以吸引許多中南部的女孩前來，至今都還在生產。

阿蓮來自高雄，十三歲國小畢業就北上參加「榮隆紡織廠」的建教合作，那時阿德和我在「榮隆」的大廚房工作，廚房工作既粗重又危險，所以我都把一歲多的女兒放在餐廳門口讓她四處亂爬。當時阿蓮已經十五歲了，就是我嫁給阿德的年紀。每次她來餐廳吃飯，看到女兒美惠都會和她玩耍，久而久之，我和阿德便認識了阿蓮。離家在外的阿蓮，把我們當作親人一般，我也把阿蓮當成自己的妹妹一樣。

阿蓮是一個很特別的女孩。她臉很長，身高大約一百六十五公分，體格很好，大概有七十公斤。由於她胸部很平，加上頭髮很短，看起來很像男生。尤其是走路，帶著男人的豪邁，個性憨憨的，若不是她說話音調還算偏高，真和男生沒有分別。阿蓮做起事來也乾淨俐落，往往一到我家便開始幫忙家務。叫她去菜園採豬菜她就去，叫她去餵豬她也不嫌臭，還替我的一雙兒女把屎把尿，後來為了方便，我偶爾會叫她留下來和我們全家一起睡。

那時候的我才十八歲，又沒讀過什麼書，禮教我一概不懂，實在沒有想那麼多。後來更熟了，我乾脆要阿德娶她當小老婆，如此一來，就有人可以隨時幫忙我。可惜阿德不願意，原因應該出在阿蓮的外形。

本想，若不能嫁給阿德也沒關係，至少可以和阿蓮當好姊妹，時常往來，無奈發生了一件小事，這件事拆散了我們三人，也改變了阿蓮的一生。

有一天，兒子在房間大吵大鬧，阿蓮開玩笑將枕頭丟向兒子，剛好被阿德看到，這個舉動讓阿德非常憤怒，還叫阿蓮以後不要再來了。這件事我並不知情，直到許多天後，我看阿蓮都沒有出現，問阿德才知道發生這件事。和阿蓮一別就快兩年，那年夏天的一個午後，阿蓮忽然出現在我家門前，她消瘦了很多，這時阿德換了工作，在五股的「台灣理研鑄造廠」工作。

和阿蓮長聊之下，才知道後來她被母親叫回高雄，以十七萬的代價，賣給了一位老榮民。這筆錢是我結婚時的二、三十倍，價錢雖高，阿蓮的命運卻極其悲慘。婚後老榮民才發現，阿蓮竟然是個「石女」。這件事就連阿蓮自己也不知道。石女無法行房、生小孩，阿蓮因此常被丈夫打得半死。那一刻我才猛然想到，阿蓮曾經跟我說，她的月事都沒有來過。為了傳宗接代，阿蓮說她曾被一個醫生倒吊在半空中治療，非常痛苦。努力了很久，後來還是被退婚，老榮民要她家人把錢原封不動交出來。

看到阿蓮，我忽然想起「明月酒家」的美英姊，她和阿蓮一樣，婚後也來找過我一次，從此便失去聯絡。最後一次看到美英姊，她的臉色非常難看，應該是長期在酒家工作的關係。美英姊是我這一生唯一患難與共的朋友，但那時我們都被命運操弄著，每個人都自身難保，只能不斷拚命往前衝，至於身邊的許多人事，往往沒空關心。

如今，不知道阿蓮、美英姊是否尚在人間？無論妳們在哪裡，希望妳們都能過著平安順利的日子，不再痛苦了。

紅猴賣藥團

所謂的西樂隊，是在有喪事的場合。若遇到喜事，我們「遠東西樂隊」又搖身一變，成了「遠東康樂隊」。

我從十五歲開始，在大龍峒的姊妹相招下，便開始賺起這種歡喜和悲哀的錢。有人往生時，我穿白衣，假裝吹奏哀樂，或指揮西樂隊。有人結婚、誕生、祝壽、入厝、殺豬公時，我便穿紅衣，唱〈情人橋〉、〈青春嶺〉、〈白牡丹〉、〈阮不知啦〉……歌手多就唱四首，歌手少就唱六首拖時間。

說來好笑，人們看不起西樂隊團員，卻十分羨慕康樂隊歌手的才藝。他們不知道，其實都是同一批人，只是換了包裝而已。那時候會唱歌的人很

二十歲左右的我，那時有點胖，拍攝照片的地點是晚會的場地。

少，一來社會純樸，敢拋頭露面的人很少，另一個原因就是沒有這種機緣。我們遠東西樂隊總共有四十多名女團員，卻只有三名女孩獲得老闆陳老師的青睞，可以學習唱歌。問題就出在於，那時候的女孩子大都不識字，又不會說國語，要找到一個漂亮、識字、會說國語、又敢上台表演的人，其實並不容易。我那時候鐵定是被貧窮給逼瘋了，若給我一大筆錢，要我跳火圈，我大概也不會拒絕吧！

我能被陳老師選上，栽培我當歌手，除了貧窮、長相不差之外，最重要的原因就是小時候住在六張犁，無意間和那邊的外省小孩學了國語和國字，才讓我獲得這個難得的機會。陳老師有個女兒，她很小便開始跑晚會、當歌手賺錢，雖然她只大我一歲，卻擁有十分豐富的歌唱經驗，不久更晉升為主持人。因此，陳老師便請她教我們唱歌。

我學了兩個多月，有一天陳老師忽然跟我說：「玉鳳，明天出完西樂隊之後，晚上讓妳登台唱歌，記得把禮服一起帶過來！」聽到這些話，我晚上失眠了！隔天晚上，主持人安排我第一個出場，新人通常都是唱開場。當晚我要唱的歌曲是張琪的〈情人橋〉。歌詞是：

哎哎哎哎……哎……哎哎……

白雲飄飄　小船搖呀搖

沒到家門嘛先到情人橋……

如果麥克風有生命，那天晚上肯定早就被我掐死。我站在舞台上，台下幾十桌的客人，樂隊前奏響起又暫停，重複兩次，十五歲的我任憑怎麼逼迫喉嚨，它就是無法像張琪一樣，吐出「哎哎哎哎……」。陳老師站在舞台一邊，用眼光惡狠狠地教訓我。感謝老天，第三次我終於哎出來，把整首歌唱完。下台後，陳老師馬上把我叫到一邊訓斥。雖然陳老師又黑又胖又矮，生起氣來可不比我那又瘦又高的父親遜色。

幸好後來的節目很精采，有笑鬧劇、變魔術和清涼秀，賓客很快就忘記我不專業的表演。像這樣一場表演，新人可以拿到六十元，資深歌手可以拿到八十元，比出西樂隊好，更比女工好很多倍。因為那時電視不普及，人們的娛樂大都還停留在野台歌仔戲、布袋戲、綜藝秀……遇到我們這種大型婚宴晚會，除了當晚的賓客之外，四周也會聚集許多附近居民圍觀，那種盛況和現在當紅歌手辦簽唱會差不了多少。

在陳老師那裡待了五、六年，有一天，涼州街媽祖廟出現了一個人，他叫做「紅猴」，是巡迴全省的綜藝賣藥團老闆。這裡的「綜藝」，倒不是真有什麼吞劍、跳火圈、變魔術，說穿了，不過是找一些歌手，如同鳥兒一樣，唱歌吸引人們圍觀，再趁機推銷一些新奇的東西和藥品。我以為跟著紅猴應該可以賺比較多錢，就帶著四歲的兒子上了紅猴的貨車，開始了吉普賽的流浪生活。

綜藝團的成員，都是一些沒念過書的未婚女孩，像我這種帶小孩的，全團只有我一個。每個團員為了吃這口飯，至少必須學會一首歌，之前我在遠東康樂隊已經學了幾首歌，所以一點也不擔心，倒是其他歌手，只靠一首歌就想走遍天下。

每到一個新的鄉鎮，我們就開始尋找可以充當舞台的場地，如果沒有舞台，就直接在空地上演出。一天的基本工資是八十元，比遠東康樂隊多了二十元，有做有錢，沒做沒錢；要是遇到壞天氣，就只能吃自己。每唱完一首歌，紅猴就會出來介紹產品，那些東西五花八門，有紅猴自創品牌的運功散、綠豆紅、散發奇異香氣的印度香，或是注水後底部會出現裸女的塑膠杯。偶爾，四歲的兒子也會上台跑跑龍套，增加趣味或可信度。「小孩子不會騙人！我們請小孩子來做見證。」這是紅猴慣用的伎倆。

紅猴人不壞，但畢竟是商人，還有一大堆員工要養，吹噓產品、誇大功效以增加買氣是不得不做的事。那時民風純樸，鄉下人家很容易就被紅猴的言辭煽動，有些老人更是掏出老本，整箱整箱地買，頗令我感到意外。

就這樣，我和年僅四歲的兒子，一起跟著紅猴巡迴全省演出。

晚上下工後，我會帶兒子去吃飯，我們最常吃的就是滷肉飯加蘿蔔湯，這樣一頓消夜往往要花掉我十五元。每天扣掉三餐支出，其實剩不了多少錢，記得有一次兒子在夜市看到蘋果，竟然吵著要吃，我忽然想起小時候住大龍峒時，美軍顧問團倒在我家前面大垃圾場的蘋果，那時候全家吃到膩，現在夜市一顆居然要價五十元。我考慮幾秒，心一狠就買了一顆給兒子，因為我不希望自己貧窮的童年，在他身上重複。

第一次巡迴時，生意還不錯，每位歌手都賺了一些錢，第二次巡迴就沒這麼好運了。那天晚上，團裡一位歌手在舞台上唱著她會的一百零一首歌〈愛情長跑〉，唱沒幾句，台下忽然傳來叫罵聲：「每次都唱這首！」因為那位歌手不會別首歌，只能裝傻繼續唱下去，接著許多瓶瓶罐罐飛上舞台，把歌手嚇得花容失色，晚會就因此中斷了。

沒人敢再出去唱歌，因為幾乎每位歌手唱的都是去年那首歌。當時的氣氛十分沉重，雖然每位歌手臉上都化了濃妝，卻掩飾不了落寞的表情。

演出中斷之後，當晚的工資自然是領不到了！本以為這是偶發事件，沒

這張照片是我二十歲出頭拍的，那時候的腰圍就和我的年紀差不多。

想到那根本只是序幕，類似狀況不斷發生，綜藝賣藥團的生意一落千丈。屋漏偏逢連夜雨，我在台南染上風寒，只好脫離紅猴綜藝團。

剛開始，還能勉強起來走動，沒多久就無法行動，只能靠四歲的兒子去幫我買藥。兒子還小不懂事，常把買藥剩下的錢拿去買糖果，很快便花光身邊所有的錢，後來不但沒錢吃飯，還付不出住宿費。旅館老闆人很好，他看這樣也不是辦法，於是替我通知住在岡山的小姑，她是阿德唯一也是最小的妹妹。那時她嫁給一位住在岡山的老榮民，才搬到南部不久，我和小姑雖然不是很親，但畢竟也沒有其他人可以幫我。

最後小姑幫我付清了住宿費，然後借我一些車錢，我才能回家。就這樣，我和兒子結束了一年多的流浪生活。

2234

遠東西樂隊的工作時有時無，很不穩定，所以，早在紅猴綜藝團之前，我便參加了另一個賣藥團，那是位於大稻埕涼州街的「廣愛堂綜藝賣藥團」。

他們的產品有洗髮精、七厘散、萬能膏等等，產品並不多，但是生意很好。他們的活動範圍大都局限在台北，最遠到過九份、金瓜石。愈偏僻的鄉鎮，生意愈好做，有時候還需要去租戲台，團主馬薩租過保安宮附近的大光明戲院、台北橋下三重的三和戲院。那時女工一天的工資大約二十元，但廣愛堂生意好的時候，一天大概可以做超過十萬元的生意！

大弟蘇光榮結婚時，我率領樂團去演唱，時間大約是民國六十八年左右。

賣藥團的活動範圍都在當時的台北縣市，所以團主不准歌手帶小孩，我只好把兒子寄養在圓環一家托兒所，月繳兩百五十元。因為很忙，很少去看他，在廣愛堂工作一年，大概只去探望過幾次，每次去看他，就是一場天人交戰。我總是先帶兒子到圓環吃東西，只要兒子想吃的，我都一定會買。兒子喜歡吃西瓜、蛋糕、甜不辣……這是我這個做母親的，唯一能給的。

只是每次送兒子回托兒所，兒子就開始抱著我不放，因為他知道，我又要丟下他一個人落跑了。每次我要離開，都得勞動托兒所的工作人員抓住兒子，每次兒子都哭得很悽慘，但我又能如何？幾次下來，我和兒子已經發展出一套固定的見面模式。輕鬆愉快地下樓，帶兒子去菜市場吃各種好吃的東西，最後帶他回托兒所。

每次握著他的小手往三樓的托兒所爬時，一顆心就直往下掉，因為上樓之後，我必須重複欺騙兒子：「乖一點！下次媽媽一定帶你回家。」兒子每次都相信我的謊言，卻又忍不住大哭。其實不只兒子與我分隔兩地，連我的女兒也寄養在大伯母家。我們一家四個人，各分四地，為了這件事，我和阿德常常吵架。直到有一次去探望兒子，兒子看見我居然一點反應也沒有，托兒所老師還在一旁提醒我的到來，並拿出兒子為我做的小枕頭給我看。這時兒子輕輕張開眼睛看著我，眼神呆滯，眼角都是眼屎，我下意識地摸一摸兒子的額頭，這一摸，嚇了我一跳——他的額

民國六十六年農曆九月十九日，觀音菩薩的出家紀念日，家裡殺豬公做醮，我上台演唱，請遠東康樂隊的樂手來伴奏。

頭好燙！於是我將兒子從棉被中抱起來，這一抱才知道，兒子全身都是尿騷味，攤開棉被整個都是濕的，托兒所的人竟還說兒子很乖，整天都在睡覺。我急忙把兒子帶去醫院，醫生說我兒子發燒得很厲害，若太晚抱去，腦袋可能會燒壞。

後來，我把兒子帶離托兒所，因為可以帶小孩，才加入紅猴綜藝團。

短短幾年，除了賣藥團之外，我自己還去批過鞋子、成衣和水果來賣。那時我騎著腳踏車，大女兒坐在腳踏車前面的橫桿，小兒子背在身上，腳踏車後的架子則放著一大箱的鞋子、衣服或橘子。衣服和鞋子都載到現在新莊市公所後面的市場賣，橘子則載到離家很近的新泰路，一間規模很大的信華紡織廠門口賣。如此賣了幾個月，直到有一天，出現兩個男人，拿著扁鑽走過來問我：「誰讓妳在這裡賣橘子？知不知道紡織廠裡有福利社？」我才結束做生意的日子。

結束做生意和賣藥團的工作，我又回到家裡，如往常一樣，等待遠東陳老師喜事、喪事地叫喚，這時候的家裡，已經多了一對老夫婦在幫我們養豬。因為家裡人少地方又大的關係，我們還把房間分組給一些人，這時候家裡的經濟還算不錯。阿德和我賺的錢各自花用，阿德不賭不嫖，但為人海派闊氣，他賺的錢大都花在養牲畜、請客喝酒……我賺的錢則大部分拿回娘家接濟。因此，阿德很不諒解我和我的父母。

這一切都是沒辦法的事，我出嫁時，弟妹都還那麼小，父親又嗜賭貪酒，母親只能向我求援。這輩子，為了生活，我換了許多工作，直到去北投當那卡西歌手，才算是比較穩定。

民國六十七年，我正式走進北投的硫磺煙中，走唱了超過十二年，我的名字也從「玉鳳」變成「麗華」，從那裡，開始了我「華麗」的生活。

現在，就來說說「麗華」的故事。

進入那卡西，這個機會來得很突然！記得那天是農曆四月二十五，三重大拜拜。一個兒時大龍峒的玩伴忽然打電話給我，說她有一個朋友叫做「阿秋」，在北投走唱，今天是她家大拜拜，阿秋想留在家裡招待客人，和朋友狠狠打一整晚的麻將，所以，想找一位歌手代班。

其實，之前我在遠東康樂隊偶爾會去北投代班，只是阿秋的缺席，是我正式踏入北投那卡西最關鍵的原因。

以前要當那卡西歌手很不容易，除了要精通國、台語歌曲之外，連日語歌曲也要會個十首以上。遠東康樂隊所學，在北投的那卡西世界裡，根本是大海中的一條小魚，所以這個邀請對我來說，真是一個十分難得的機會。

那時北投尚未廢娼，還存有侍應生，所以多金的日本客人很多。當時北投雖然只有五十多間飯店，那卡西卻有五百多團，這五百多團又分為駐店和電話間兩種。駐店通常只做該家飯店的客人，除非熟客特別指定，才能到其他飯店走唱，但要事先告知駐店飯店的櫃檯，駐店飯店一小時可抽五十元。

而電話間的歌手，通常都在山下等候飯店櫃檯電話，除非很紅，否則能見度很差。這時候就要靠歌手和飯店「內將」（就是女服務生）的交情，而交情可不是說說就算，過年過節都得送禮才行，連駐店歌手也不例外，競爭可以說非常激烈。通常那卡西為三人一團，一位歌手、一位鼓手、一位吉他手（或手風琴，日本人比較喜歡手風琴），所以，那時候少說有一千多名那

這張照片攝於民國六十七年，我剛到北投走唱不久。最左邊的吉他手是女人，當時在北投那卡西算少數；中間的男人則是日本人。

卡西團員靠北投吃飯。

一般走唱的歌手，必須先在「電話間」當組員，當時我們電話間有兩位老闆，一位叫「十八」，一位叫「小張」。他們共有三支電話，也就是三組那卡西。每一組那卡西必須配備一支電話，當時我的電話末四碼是「２２３４」，所以，只要老闆說：「２２３４走番。」我就必須依照老闆的指示到達該飯店。

去過新北投溫泉區的人應該都知道，那裡多是山路且十分狹窄，因此，往來飯店之間，除了小型廂型車之外，都靠一種叫「限時專送」的摩托車。這種摩托車不只載人，後來還延伸出許多業務，像接小孩、收帳、買菜、買醬油……計費方式為：在北投區統一價「十元」；若是去客人的公司收帳，因為較遠且麻煩，只要超過北投區，收費都在七十到一百五十元之間。

民國六十七年，那卡西的薪水是這樣算的：

一小時四百元。駐店那卡西要被飯店抽一百五十元，外來那卡西抽一百元。若一個晚上，一個團做十小時得到四千元，須扣掉飯店抽成一百元、一天一百元的電話費，還有載那卡西到飯店的車馬費，一趟四、五十元。之後再去平分，歌手的薪水最少，可以拿到十五分之四；打鼓次之，可以拿到十五分之五；吉他手最多，可以拿到十五分之六。如此算來，一位那卡西歌手，一個晚上不難賺到女工十天的薪水。

如果做久了，身邊有一些現金，歌手也可以自己去電話間租一支電話，月租費是三百元，到後來漲到一千元，然後自己找鼓手、吉他手組一個團，自己當老闆；或者當駐店那卡西，但是當駐店那卡西很不容易！該飯店老闆一小時要抽多少錢不一定，除了中秋、過年要送禮之外，飯店老闆也會常常約妳吃飯喝酒，一個月最少一次，費用大概都在一萬元左右，相當於女工四個月的薪水，這都是歌手買單。所以，後來我寧願租電話自己當老闆，也不願當駐店那卡西，關於這件事，容我稍後再詳細說明，還是先回到代班這件事。

記得代班當晚，我到北投「家園飯店」走唱，那卡西的流程大概是：歌手先唱幾首暖場，再把麥克風讓出來，請客人上來唱，歌手則在一旁幫客人找歌詞。初次走唱，很多歌都不會，所以我都盡量演唱一些歌詞簡單的，像〈望春風〉、〈雨夜花〉等。當時也很流行這些台語歌，可是第一次走唱，運氣不好，碰上了一個外省人。他不喜歡聽台語歌，跟我點了一首〈王昭君〉，這首歌不但歌詞繁複難度也高，當時的我，哪會唱這種高難度的歌，因此立刻被客人臭罵一頓！不但如此，客人還立刻跟老闆反映：「這個小姐根本不會唱歌！」所以，唱不到一小時我就被換下來了。

記得當晚只做了三個客人，總時數是三小時，連帶地小費也很少，只有八十元。那次之後，我很灰心，心想，電話間的老闆應該不可能再讓我去上班，誰知道請我代班的阿秋一直都沒有回去上班，聽說跑去做生意了。我只好繼續頂替阿秋的位置。

以前在康樂隊上班，回到家最晚不超過十二點。凌晨十二點，對當時的人來說是一個很晚的時刻，更何況我經常三更半夜才回到家。往往我回到家的時候，正是那些種田的鄰居起床，要開始工作的時候。我一個女人，打扮得花枝招展，黃昏離家，半夜回來，哪能不引起鄉里議論紛紛。那些純樸的鄰居，哪裡知道什麼那卡西，對於我的工作，大家總是十分好奇，但我不想多做解釋，就讓他們繼續猜測好了。

末代那卡西

為了多學一些歌，我下了很多功夫。

每天，我一有空閒就去找電話間的老闆「十八」和「小張」。十八是個矮矮胖胖的中年人，臉上痣很多。而小張雖然胖，因為身高接近一百八十公分，看起來比十八還瘦，他們對音樂都很了解。小張最擅長日語歌，十八最厲害的是打鼓。我的日語歌就是跟小張學的。小張對我非常嚴厲，要我一星期背好五十音，我當然乖乖照做，硬逼自己背起來，因為他們兩位都是那卡西裡面的專家。

電話間裡的歌本，不管是日、國、台、廣，他們都非常熟悉。另外，他們對那卡西的生態也非常了解，所以十八和小張可說是引我入門的師父。

想做這行，真的很不容易！歌手至少得精通兩國歌曲。那時上北投的台灣人喜歡聽台語歌，但是日本人卻是北投各飯店最大的金主，他們尋歡作樂，小費給得乾脆，又不囉嗦，所以，當時最熱門的歌當然是日語歌。而日本人來北投，大都住在「熱海」、「華南」、「萬祥」、「南國」。這些飯店大，設備又好，每家飯店都有十幾團那卡西駐店。

如果不會日語歌，至少也要學廣東歌或英文歌。為了學更多日語歌，我每天勤背日語歌詞；為了學更多國、台語歌，我開始大量閱讀，從鬼故事、瓊瑤愛情小說到歐美的羅曼史，甚至連少女漫畫也不放過。當時最流行的漫畫就是《千面女郎》、《惡魔的新娘》、《尼羅河女兒》，那時一對兒女已經上小學，看得懂國字，他們也常常和我搶漫畫看。

由於兒時曾和六張犁眷村的小孩學過一些國字，所以國語歌學起來比較快，到後來，國、台語歌加起來我可以唱個幾百首。至於日語歌就慢很多，我大概學了一個月，才學會一首日語歌，歌名叫做〈流轉〉。我雖然會唱這首歌，卻無法了解這首歌的涵義，看歌詞裡偶爾出現的字眼像「浮、沉、男、女、情、命」等，我猜，應該是描寫在情海之中浮浮沉沉的男女吧！

我聽人家說，那卡西是日文「流」的意思，我雖然沒有在情海中「流轉」，但第一次學會的這首日語歌，在某些層面上，讓我覺得和自己的命運頗為契合，唱起來感觸良多。

這張照片攝於民國六十一年，當時我在遠東康樂隊當歌手。

為了到北投上班，每天黃昏，我必須從家裡走一公里的路，到新泰路搭公車到圓環，再換「叫客計程車」到北投上班。當時搭公車一趟是一塊半，計程車一趟十元。晚上在北投下班後，我必須趕到北投火車站，搭十二點十分最後一班火車到雙連火車站。當年這班火車，是專為北投特種行業所設，許多「內將」和那卡西團員都反映太早開車，於是，後來又延後到十二點三十分發車。

搭這班車到雙連火車站之後，我必須再轉搭叫客計程車回家。

那時候的雙連火車站，聚集了許多趕著回家的人潮，那些人和北投的「侍應生」一樣，大都是特種行業，來自繁華的中山北路。每天午夜，我總是和幾個往桃園的陌生人一起搭叫客計程車回家，超過十二點要多收五元，每一個人的車資是十五元。也許你會嫌貴，但如果我沒搭上末班火車，我必須叫車行的計程車，當時我們都叫北投「飛燕計程車行」的車，從北投到泰山的家，大概要兩百多元車資。

那時學生月票一張才九元，這趟車錢就是小學生近兩年的車資！

凌晨之後才下班的我，回到家時往往三更半夜了，阿德十分不諒解我，我們常常為了這些事爭執，但當時我為了賺錢幫助娘家，完全沒有考慮到阿德的感受。阿德以為我被下符，因此常常半夜燒香，拿著我的衣服，帶著小孩在晒穀場呼喊我的名字。

在十八和小張的調教下，我會唱的歌也愈來愈多。

那時我常在熱海、別府、百樂滙、美樂莊、華南、新秀閣、貴賓等多家飯店走唱，有一天，我在美多樂飯店走唱，飯店陳老闆看我和客人互動得不錯，於是邀請我到美多樂當駐店歌手。當駐店歌手的好處是，不用每天守著一支沒有表情的電話。待在飯店裡面，只要打好人際關係，客人通常都是你的，於是我從２２３４跳槽到美多樂。

美多樂股東有四個，最大股就是找我來的陳先生，這塊地和房子都是他的，另外三股比較小，都是女性，分別是阿卿、春美和阿幼。它的位置比較靠北投的山頂，大概待了三個月，後來來了一團願意讓飯店抽更多錢的那卡西，我只好離開。當年這種事在北投飯店是家常便飯的事。

第二間駐店是貴賓，待了大概五年，我的許多那卡西回憶就是發生在這裡。它位於地熱谷旁，說它是飯店，其實更像一間別墅。它總共有三層樓，十幾間房，連同庭院占地約一百坪。在北投走唱的那段日子，有幾位客人令我印象深刻：一位叫做「小洋」的男客人，他很喜歡聽〈月光小夜曲〉這首歌，每次來都點我唱這首歌，一唱就是五個小時，不知道這首歌對他有什麼特殊意義？

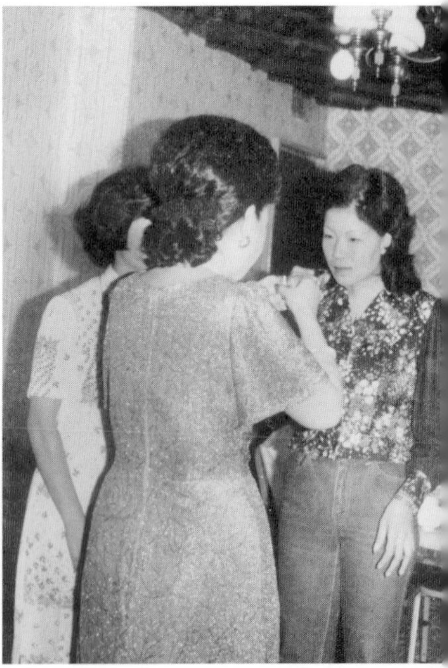

剛到北投走唱時，正在向客人敬酒的我。這張照片大約攝於三十年前。

還有一位客人，很喜歡聽歌仔戲，尤其是王寶釧的〈苦守寒窯十八年〉。聽說他老婆跟人家跑了！也許，聽這段歌仔戲有補償作用。原本我不會唱，是那位客人硬要我學，他說，如果我學會了，每次來一定點我的那卡西，而且包一個晚上。後來我學會了，他也實現諾言，每次來都讓我賺得荷包滿滿。

另外還有一位客人，他很喜歡聽〈嘆十聲〉，每次來一定點這首歌。他話很少，臉上擠滿愁苦的表情，酒，總是一杯接一杯。平常客人點的菜我們都不能吃，只有這位「嘆十聲」先生的菜可以吃，因為他總是一個人來，而且一點就是半桌。以前北投各飯店流行一種合菜，一桌八道，內容大概是烤鴿子（兩隻）、烏魚子、烤喜相逢魚（乾的、從日本進口）、鮑魚（車輪牌）、魷魚螺肉蒜苗火鍋、番茄排骨肉醬鍋、田雞蒜頭蛤蜊湯、炸全雞。單點一道五百元，半桌一千五百元，整桌三千元。

這些菜的價位，以現在看也不便宜，更何況是在民國六、七十年的年代。不過，這些菜充派頭、營造氣氛的成分比較多！

客人上門，除了酒水、桌菜、那卡西要錢之外，連房間也要，從三百到八百元依人數不等。「嘆十聲」先生來消費個六、七小時，不叫小姐、純唱歌，一個晚上連小費也要七、八千。那時候我常把「嘆十聲」的菜打包回去給兒女帶便當，聽說每回他們打開便當，總會引起同學爭相圍觀。

不過，來北投消費的客人，並非個個如同「嘆十聲」先生那般有錢。有位男客人來消費時，小費總是兩百兩百地給，一回他家殺豬公大拜拜請我去唱歌，我才知道他老婆在縫傘骨做手工，看他家也不像有錢人，卻如此揮霍，真是令人嘆息！

別以為風月場所只有男客人，北投也吸引不少女人前來消費。通常女人來這種地方，大都是想體會一下夜不歸營的丈夫究竟迷上北投的什麼風情。有一回，來了一個又高又胖的中年婦女，她就是因為丈夫沉迷北投溫柔鄉而來的，那晚她心情不好，邀我們一起喝酒，我們四個人一共喝了四十幾瓶「烏雞酒」，一瓶要價一百五十元，容量約等於現在的蔘茸酒。最後那女人醉得不省人事，只好花三百元開房間睡覺。當天晚上，那位失意女子的衝動代價大概是一萬元，相當於一個女工四個月的薪水。

北投最聲名遠播的無非「侍應生」，就是陪酒小姐。當時她們都領有牌照，消費方式為陪酒一小時四百元，脫衣陪酒一小時一千元。但脫衣陪酒是違法的，警察會抓。

在這種有酒和女人的地方上班，是非一定少不了。那時黑道很喜歡約在這裡談事情，一言不合就會打鬥起來。黑道分兩種，一種是打鬥時會請你先離開，一種是不准你走。北投大概常常有黑道拚鬥，打破盤子都有一個公定價：五百元。以前槍枝並不普及，他們打鬥通常用武士刀，有次我在唱歌時，有一個人腋下夾著一個報紙包的東西，形狀很像槍枝，一進來說話口氣很衝，我看情形不對，對那個拿槍的人說：「你們有事要談，我們先出去，等一下要唱再叫我們。」當那個拿槍的人點頭讓我們走時，我們彷彿得到總統特赦，一溜煙便跑掉。

不過這些械鬥，看多了也沒

攝於民國六十七年，左三是我，另三位是日本客人。

約民國七十年，我們全家一起去桃園慈湖員工旅遊，因為暈車，只有女兒笑得出來。

什麼。我在民國六十七年正式進入北投，加上之前陸陸續續代班，這近二十年內總共碰上兩件大事。一件是民國六十四年蔣中正總統逝世，政府規定娛樂場所三天不准營業。上有政策下有對策，我們就偷偷把唱機搬到北投，再插上麥克風小聲小聲地唱。但是三天過後，依然沒有客人上門，聽說股市跌得很厲害，那是那卡西有史以來生意最清淡的時期。

另外一件事，就是民國六十八年李登輝當台北市長時，在該年的十一月二日廢娼。為此，北投許多相關行業的人都跑去遊行抗議。不過我沒去。當天整個北投空盪盪地，宛如一座死城，和之前那種不夜城的景象差好多啊！據飯店裡面的「內將」說，之前也有一次類似的情況，那是北投陪酒小姐集體出遊，但空城只有一天，可是廢娼之後，空城可能是永遠。

果然，廢娼之後生意一落千丈。

許多人邀請我到日本發展，老實說我有些心動，可是，聽說有些歌手會被賣到酒店陪酒，又考慮到小孩，最終還是放棄。我選擇繼續留在北投，陪廢娼後不肯老去的北投，一起孤獨。

再會啦！阿爸

農曆九月十九日是觀音菩薩的出家紀念日，在我們鄉里，大家都要輪流殺豬公、辦流水席，請親朋鄰居來熱鬧一下，那年正好輪到我家。

阿德幾天前便到新莊地藏庵，請大眾爺來我家作客，至於最重要的主角——豬公，則是前一年就開始飼養。豬公的肚子被剖開，用長椅架開，幾乎成一張平面，如此看起來面積比較大。背脊上的黑毛不能刮，這有裝飾的作用。因為豬公不夠大，無法咬鳳梨，所以嘴裡只能咬一顆橘子；下巴吊著一條三角尾的活體大金魚，嘴巴一張一合，吸引了無數小孩圍觀。我和阿德商量後，決定席開八桌。

宴席的鐵棚和舞台早在前一天就搭好，因為當時在遠東康樂隊工作，這場晚會當然是自己上場。我請來和我一起搭檔的鼓手和吉他手，準備晚上好好大展歌喉。

那天晚上，我和阿德的親朋好友，以及村子裡一些熟識的鄰居都到齊了。宴席開始前，樂手覺得舞台搭得不是很理想，於是我們往後移，在我家門前開唱。我化了淡妝，穿著充滿喜氣而簡單的衣著上台表演。別說村裡的人，就連我家人也沒看過我在舞台上的演出。他們看我在台上輪流演唱了國、台語歌，希望我的歌藝，可以解釋我經常濃妝和晚歸的行為。

三十年前觀音出家紀念日時拍的，左邊的是我女兒，右邊是我，中間有鬍子的神是新莊地藏庵的大眾爺。

這是一場自家即興的演出，所以不需要從頭唱到尾，幾首歌之後我便下台，和阿德打散，輪流向客人敬酒，鼓手和吉他手也各自找到位置，入席用菜。小孩們無須客套應酬，吃飽後就四處亂竄、追逐，後來更爬上舞台亂蹬亂跳，鐵皮架子被震得劈啪作響。這對大人來說是非常無聊的事，卻引起更多小孩加入。由小孩製造的地震級級升高，忽然間，鐵皮架子發出一種奇怪的聲音，緊接著舞台垮了，然後整個鐵皮架子歪了，慢慢往同一個方向傾斜。

有人開始尖叫，更多人彎腰鑽出只剩不到一半高度的鐵皮架子，我做夢也沒想到，我們家辦的熱鬧會這樣結束，這似乎是個不好的預兆！

過沒多久，有一天父親去看戲，看到一半忽然說人不舒服，我帶他到新莊一間小醫院看病，醫生把父親當感冒來治。因為沒效，我又換了一家醫院，那位醫生看完也沒說什麼，只是一直開同樣的藥給父親吃，吃了很久，依然沒有任何改變，父親索性不吃了，直說那位醫生有問題。我只好去問醫生實情，醫生不說父親到底得了什麼病，只告訴我：「看妳父親喜歡吃什麼，就買給他吃吧。」

我一聽，立刻將父親轉到新莊省立醫院，一檢查才知道，原來父親得了肝癌。這是民國六十六年的事，那年父親四十九歲。父親愛喝酒，得到肝癌並不讓人意外，意外的是這肝癌似乎來得太早，大弟還在當兵，二弟、四妹、小弟都正值叛逆期，需要父親管教。沒多久之前，父親才因為二弟的關係，而決定將酒戒了，沒想到仍然遲了一步。

以前醫學不發達，得到癌症就如同被判了死刑，我不甘心，四處打聽之下，得知坪林有一位中醫師，醫術非常好。於是，我從泰山的家包車到坪林找他，求他到新莊幫父親看病。中醫師禁不起我再三懇求，終於答應來新莊為父親把脈。經中醫師診斷，再次確認是肝癌沒錯。幸好中醫師說還有藥可醫，他開了一張藥單給我，叫我去迪化街一家中藥行抓藥。拿到藥單後，我包了一個紅包給中醫師，並叫車送他回坪林。

中醫師開的藥果然有效，因此每隔幾天，我就包車到坪林拿新藥單。這一趟路，車錢加藥單費，一千元就這樣沒了！當時一個公務員的月薪不過幾

這是四妹十七歲時的照片，當時的她，很令人頭痛！

千元，我花在父親身上的醫藥費，前前後後就高達十二萬，幸好我的工作比較特殊，否則真不知道要去哪裡籌醫藥費。

那時母親在自家樓下賣甘蔗，賺不了什麼錢，所有醫藥費用的重擔，全落在我身上。除此之外，還得幫忙母親管教弟弟妹妹。當時二弟和小弟常和一些複雜分子往來；情竇初開的四妹，又常常和男朋友離家出走搞失蹤，當時發生了很多分屍案，像「江子翠分屍案」、「五股分屍案」，每次我和母親都會去認屍，壓力之大，實在難以言說。但倒楣事總是接連而來。

那天傍晚，我照例包車到坪林找中醫師拿藥單，回程已經超過十二點，我坐在車上，發現計程車司機並未將車開往回家的路，相反地，他把我載往人煙稀少的二重疏洪道。這時，我十二歲在明月酒家被強暴的記憶又復活了！幸好我已經不是當年無知的少女，我不斷在內心叫自己冷靜，試著和司機聊天，並暗示他到旅館。上天保佑，他終於轉向了！把我載到三重地區。我在車內，看著愈來愈多的房子，也比較不那麼恐懼。最後司機鎖定一家「春華旅社」，我在司機快要到達之前，看到一處人比較多的地方，開門，跳車。

司機沒有追上來，我看看自己的身體，手腳有多處擦傷，算是不幸中的大幸，回到家已經快天亮了。經過這件事，我內心萌生了學開車的念頭，後來也真的學會，並買了一輛裕隆車來開。當時許多女人連摩托車都不會騎，像我這樣開車上下班的更是少之又少，這是後話。

由於忙著父親的事，以致疏忽了小孩，阿德非常不高興，又看到我滿身傷痕的回家，怒火更是燒到極點。我仔細交代了拿藥的事，卻不敢將差點被強暴的事說出來，阿德不斷逼問我拿完藥之後的行蹤：從凌晨到清晨我究竟去了哪裡？我不肯說，阿德便拿起電話，把我打成熊貓眼。

也難怪阿德會生氣，哪個男人可以忍受老婆不顧家庭，又交代不出三更半夜去哪裡？隨後他離家，我以為他去上班，沒想到卻是去五股把大伯、大嫂請來，請他們教我女人的三從四德。大嫂邊念邊捏我，大伯看到我烏青的臉和擦傷的手，便跟大嫂說：「那是他們的家務事，我們走吧！」

但這件事還沒了！後來阿德還託人去找我父親算帳。那天我和母親在病房照顧父親，忽然間，來了一個強壯的男人，穿著皮鞋直接走上我父親的病床，粗暴地把我父親從病床上拎起來，我和母親被這突如其來的舉動給嚇住了！但是我很快便恢復理智，我認出了他，他是阿德的朋友，因此我大概知道是怎麼回事。

丈夫告訴那個男人，我出嫁之後，娘家的人不肯放過我，經常慫恿我徹夜不歸、拿錢回娘家。我知道原因後，要那男人先放下我父親，我告訴他，我父親現在生病了，身體很虛弱，如果發生什麼問題，我要他負責。那男人聽完我的話，立刻放下我父親。然後，我跟他解釋自己的行為。

我當然知道放下丈夫小孩是不對的，可是我是長女，家裡沒有錢，弟妹們又還小，我這個大姊不出來解決問題行嗎？我請那個男人將心比心，聽完我的話，那男人啞口無言地走了。

經過這些事，受了那麼多委屈，卻沒有人可以訴說，也沒有人可以理解我的壓力。那晚，我偷偷跑到淡水河邊，看著遠處燦爛的燈火，近看卻充滿現實的無奈。我不禁慢慢走入淡水河的懷抱，當水淹到我的大腿處時，我想起了我的小孩。那晚，我不知在淡水河裡站了多久，直到有路過的人，把我拖上岸，才結束這場自殺。

就像從未發生過任何事一般，我繼續去拿藥。過了一陣子，父親的病緩和了很多，已經可以下床走路，在病床上躺了一個多月的父親，一天在浴室照鏡子，忽然發現自己的頭髮和鬍子長得驚人，吵著要去理髮。沒想到，這一個無關緊要的動作，卻要了他的命。

理完頭回來的父親，不知為什麼，病情忽然惡化，連坪林那位中醫師的藥也失效了。我趕緊帶父親去台北一家大醫院，做更精密的檢查，發現父親的肝癌已經走到末期。但我依然不放棄，又把父親帶回省立醫院。當天回到省立醫院，我叫四妹先去看病房，不懂事的四妹居然跟父親講：「爸，剛剛那病房才死了兩個人。」父親一聽到四妹這麼說，怎麼都不肯到病房，我只好去求醫生讓我們換病房。

以前要病房都得憑關係，包紅包都不見得要得到病房，經我不斷哀求，醫生終於同意幫父親換病房，但是父親已經失去求生的意志了。

母親趕緊將這消息傳回彰化秀水老家，之後，家鄉一位略懂得風水命理的長輩上來看父親，看完沒多說什麼，只叫我們趕快將他送回家。回家後，我其中一位叔叔，居然在客廳和親戚大談父親往生後墓地的事，父親在房間聽到非常生氣，要我們立刻將他送回彰化秀水，回到老家時，父親已經陷入昏迷。那時的父親全身瘦得只剩一把骨頭，肚子卻腫得像孕婦，比鬼還恐怖。母親怕到不敢一個人照顧他，每晚都要拉我一起睡在父親身邊。

記得父親過世前一晚，發生了一件怪異的事。昏迷許久的父親，突然在深夜坐起來，母親嚇得緊緊抓住我。我看父親坐起來，連忙問他怎麼了？父親彷彿失去聽覺與視覺，完全感覺不到我們的存在。他慢慢站起來，一顆頭像枯萎的向日葵，完全抬不起來，兩隻眼睛卻出奇地有神。試著站起來的父親，晃動著單薄的身體，連帶垂下的頭顱也跟著搖動起來，像被風吹動的風鈴。父親好不容易站起來，背卻是駝的，以前他老拍我們的背，叫我們「要挺起來！」，如今自己卻駝成那樣。

接著他腳步蹣跚，一步步走下床，赤腳踩在地上，彷彿和土地通電了，父親突然充滿元氣地說話，他說他好餓，想吃東西。我和母親以為奇蹟出現，後來那位略通風水命理的長輩告訴我們，那叫「辭土」，是生人對大地最後的告別。

迴光返照的父親吃完許多東西後，便嚥下最後一口氣，走了。

我和母親的合影，大約是二十年前的事，地點是我新莊的家。

十八歲時的大弟，非常英俊。照片攝於民國六十一年。

後來那位中醫師說，大病初癒的人，毛細孔都是開的，對於冷的空氣和水都特別敏感，他研判父親可能是理完頭用冷水沖，才會讓病情再度惡化。千金難買早知道，父親已經過世了，說這些都沒用，但父親似乎有什麼心願未了，兩顆眼珠子凸得像快要掉出來，我才猛然想到在馬祖當兵的大弟，趕緊打電報給大弟。

大弟見過父親之後，父親才願意闔上眼。

父親走了，這次真的走了！我站在父親面前，有點哭笑不得。想死的，死不了；不想死的，卻一下子走了。看來，我還不能死，母親和弟弟妹妹還要靠我，所以我只能對父親說：「再會了！阿爸。願你一路好走。」

賣地還錢又貸款

幾年前，我二伯將他們位於泰山的土地賣了，聽說賣了八千多萬。本來我家也有一塊土地，就在他們隔壁，那是當年公公留給每個兒子的家產，大家的土地都一樣是七百坪，可是我丈夫的土地，早在民國六十八年便被賤價賣掉。

當年那塊地一坪才賣三千六百元，聽說買到的人立刻轉手，以一坪八千元賣出。其實那時我和阿德的收入都非常優渥，我在北投走唱，生意好的時候，一個晚上的所得就超過一個女工半個月的薪水，那時床底下堆了許多美金和日幣。而阿德，他在五股的「台灣理研鑄造廠」，月薪也有幾萬元。

夫妻倆都這麼會賺錢，為什麼還會賣掉土地？

請聽我娓娓道來。

雖然當時我必須接濟娘家，但隨著弟妹的長大，我對娘家的責任也愈來愈輕，我開始有餘錢。那時娘家樓下住著一位母親的好朋友，我都稱呼她「阿姨」。阿姨知道我有餘錢，又不想放在亂花錢的母親身上，就建議我將錢寄放在她那裡。不知道我當時為什麼會那麼笨，去銀行開個戶就好，幹麼把錢寄放在一個非親非故的人那裡。

我前前後後總共寄放在阿姨那裡七十萬，我都有記錄下來。有一天我想用錢，去跟阿姨拿，阿姨卻跟我說：「對不起！錢都被我女兒拿去龍潭買房子了。」因為無錢可還，阿姨說，乾脆把現在的房子過戶給我，只要我再拿出三十萬。我真是一笨再笨，居然又給她三十萬，然後花了五萬元過戶，也就是說，我總共花了一百零五萬買這間房子。後來附近有人賣屋，也不過賣了七十萬。很明顯地，這個母親的好友，我口中的阿姨，憑著我對她的信任，誆了我三十萬。這句「阿姨」的代價還真是不便宜！

由於住在泰山的家，一直都很不順，民國六十九年，買了這間房子之後，我們便舉家搬到新莊，和我的母親做鄰居。那時我住二樓，娘家就在三樓，過年過節回娘家無須塞車搶火車票，只要打開鐵門，爬一層樓梯就到娘家。這看來十分方便美好的事，沒想到卻成了我下半輩子的噩夢。

我的丈夫阿德，當初是我母親親自欽點的金龜婿，卻因為我時常接濟娘家而對自己的丈母娘滿腹怨氣。而我母親，也對這個做什麼事業都失敗，又四處拈花惹草的女婿非常不滿。以前「將」不見「帥」，只是偶爾隔空交火，現在天天見面，正面交鋒，兩個人一找到機會就吵，吵完就找我評理、訴苦。

一個埋怨我的丈夫，一個數落我的母親，我成了夾心餅乾。當初兩個人串通好，瞞著我來提親，把我嫁出去，如今都後悔了。

我沒空理他們，搬到新莊後，我常到住家附近一間美髮院洗頭，老闆常常和我聊股票，說有多好賺，於是，我們合夥炒股票，前前後後我賠了一百萬。那時我還不知收手，過了幾年，「大家樂」很流行，我大概又賠了超過五十萬，加上被倒了五十幾萬的會，我開始周轉不靈。於是拿現有的房子去合作金庫貸了兩百二十萬，阿德拿走一百萬，我拿一百二十萬。不會理財的我們，很快便散盡這兩百多萬。

其實我們在泰山，還有一塊百來坪的土地，就是我當年蓋樓房那塊，無奈那塊地和五個人共同持有，不但不能賣，連貸款都不行。後來我和阿德的債務愈滾愈大，連新莊的房子都要被查封，是兒子解決了我們的債務，這是後話。

我的債務大致是這樣，接下來說說阿德的部分。

阿德不賭不嫖，照理說花不了什麼錢，為什麼也被逼到賣祖產？問題出在阿德野心太大又好大喜功。

阿德喜歡喝酒，啤酒一喝總是好幾箱，常常請朋友上新莊老街一家叫做「海霸王」的餐廳吃喝，連朋友的老婆生日，阿德都可以藉此大開宴席。沒多久，便和餐廳老闆熟到可以簽帳。一個鑄造工人，居然可以在大餐廳簽帳，其花錢之海派，可想而知。那時阿德雖然在工廠上班，卻同時經營副業，為了周轉方便，阿德也起了很多會。阿德和我互不信任，我把錢寄放在沒有血緣關係的阿姨身上，阿德則是拿回五股，放在他中風的母親身邊。儘管每次去拿都會少錢，阿德還是想往那裡放。

但短少的那些錢還不至於釀成大禍。

之前提到，離開紅猴綜藝團後，有一段時間，我在住家附近的信華紡織廠門口賣水果。那家紡織廠的女工宿舍，正好就在我家廚房對面，我的小弟有陣子很喜歡待在那裡和女工們搭訕，阿德也不例外。為了能和宿舍的女生更接近，阿德起建了一間木造房子，連接我家二樓廚房和工廠圍牆，因為夠近，阿德可以直接拿東西給那些宿舍的女工吃，有時那些女工還會結伴來我家玩。這樣的代價是好幾十萬，後來沒用完的昂貴木材堆在我家門前，都被偷走。

但這也不足以釀成大禍。

除了起建木屋之外，阿德的副業也花了不少錢。他養過紅面鴨、美國鵝、黑毛豬，由於疏於照顧，紅面鴨每隻又黑又瘦——對不起，紅面鴨本來就是黑的，應該說，又小又瘦。一次瘟疫可能就死掉一、二十隻，歸咎於大自然又太不公平，如果不是我們沒照顧好，紅面鴨的抵抗力也不會那麼弱。至於美國鵝，也是養得離離落落，又瘦又常被野狗追咬，最後也沒什麼好結果。

但這也不足以釀成大禍。

後來養黑毛豬，那時來了一對老夫妻，他們帶來三個孩子和一個發瘋的女人，想跟我們租房子。那個女人是老男人的弟媳，長得非常美麗，不知為什麼發瘋，她經年累月戴著一雙白手套，從沒有人見過她的手，彷彿手套裡藏著她發瘋的祕密。老男人帶來的三個孩子裡，一男一女是發瘋女人的小孩，兩個小孩都長得很漂亮，像媽媽一樣，幸好精神狀況不像媽媽。這個瘋女人和我年紀差不多，她的一雙小孩也和我那一對差不多年齡，但命運卻天差地遠。

我至少有丈夫和房子，還有一技之長可以唱歌維生。瘋女人的丈夫一年出現不到幾次，她的一對小孩，更是被她大伯不人道地對待。起先，沒人知道那女人瘋了，是後來看她只吃垃圾堆撿來的爛水果，才知道的。可是你說她瘋，偏偏她又認得自己的小孩。

至於那對老夫妻的唯一女兒，也是個弱智者，但這些事都是後來才知道的。我和阿德知道後，很同情他們，沒趕他們走。阿德還請老夫妻幫忙養豬，不但不收房租，每個月還貼補他們一點錢。照理說，這樣應該可以把豬養好，怪只怪那個歐吉桑貪杯。有一天我從北投走唱回家，發現家裡死了十幾隻豬，而且都是那種上百斤、可以出售的豬。當時，沒有人知道豬隻為什麼會死，我們只知道，要趕快將豬處理掉！

阿德聯絡新莊市場一位豬販朋友，他用一隻七百元的價格，買下所有暴斃的豬，拿去灌香腸，賺了一筆橫財。當時豬仔一隻就要五、六百，成豬一隻才賣七百，真是損失慘重。後來聽幫我們養豬的歐巴桑說，鄰居有人買酒請她老公喝，跟他說：「剛煮好

我的丈夫和一雙兒女。攝於民國六十年，地點在指南宮。那時要兒女們和岳飛合影，沒想到卻把他們給嚇哭了！

的番薯不用等它冷，只要用冷水將外皮沖一沖就可以餵豬。」有經驗的人都知道，煮好的番薯就算用冷水沖，裡面也還是很燙，偏偏豬隻不是人，牠們吃起東西來囫圇吞棗地，也不可能將食物吹涼。原來豬隻是燙死的！後來從歐巴桑那裡，我更深入了解一些內幕：有人常從我們的倉庫偷豬飼料。

不過，這也不足以釀成大禍。

剛剛說阿德起了很多會，那時不但很流行起會，更流行倒會。阿德也被倒了很多會。有一次我和阿德去倒會者家裡討錢，沒想到，倒會者在樓頂潑瀝青時不慎跌下樓摔死了，看他的女人哭得那麼傷心，身後又遺下五個小孩，我當下勸阿德改天再來，等他們有錢再慢慢還。當時阿德一言不發地走了，回家路上我被阿德罵得半死。

不過，這也不足以釀成大禍。

真正釀成大禍的是這些事情的總和，以及阿德混亂的金錢觀。很難想像，一個看見兒女在玩橋牌、象棋會非常生氣斥責為賭具的男人，居然會積欠下那麼龐大的債務。後來，兒子在清償我們的債務時，問阿德欠人家多少錢，阿德有時連數目都說不清楚，任憑別人胡亂喊價。

過了這麼多年，我睡覺仍時常會夢見那天晚上，從北投下班回家看到的晒穀場。十幾條龐大的豬屍，如人般側躺成一排排。掏出來的豬內臟，在滾沸的大鍋裡烹煮，那時多麼昂貴的豬內臟，我卻一點胃口也沒有。當我走過，阿德那些朋友還問我要不要來碗豬腦湯，忽然間，一股酸水從胃裡湧出！當年在葛樂禮颱風跟災民一起吃從水裡撈來的牲畜屍體，都沒這麼噁心！

至於阿德，後來常常說那些豬隻來夢裡討命，因而改吃素了。但這素吃得很曖昧，阿德常常望著豬耳朵、白斬雞吞口水，為了補償自己，他常常去吃素牛肉麵。不過最令人不解的是，阿德雖然吃素，供奉的主神是「釋迦牟尼佛」，拜拜卻都用豬、鴨、魚等葷食，而且一個過年可能就要用上四副牲禮，最少要用掉四隻雞、四塊豬肉、四隻乾魷魚，金紙更是要用上一麻袋。

我不曉得那些牲禮和金紙，到底是要用來賄賂神明，還是補償他間接害死的牲畜，我只知道關於這些罪業，我也難辭其咎。如今的我，只能每天念佛迴向，希望那些枉死的牲畜，可以往生西方極樂世界。

女兒的紅色婚禮

說這件事之前，我必須先冷靜一下，儘管事情已經過了這麼久，我還是忍不住會生氣。

女兒訂婚那天，阿德請他親戚來辦宴席，早晚各有一場席次。因為那天是非假日，阿德的同事都得上班，所以必須分兩場。一早我就提醒阿德，因為晚上還有一場宴席，中午別喝掛了。沒想到阿德一早就喝得爛醉，還拚命拉人來吃酒席！因為人數超出預算，廚師不得不把晚上宴席的菜，提前拿出來給客人吃。這麼一來，晚上就要開天窗了。

喝醉酒的阿德，將喜餅隨意亂送，任人拿取，當時我滿肚子火，但那天是女兒的大日子，我硬是將怒氣壓下來。可是到了晚上，等我娘家親戚來的時候，我再也按捺不住了。因為食材不足，桌次減少，位子也跟著不夠。我娘家的人只好起來，把位子讓給阿德的客人。拜託！女兒出嫁，今天母舅最大，怎麼能連位子都生不出來？要不是阿德中午亂叫人來吃，晚上會如此難堪嗎？而阿德居然還在狀況外，不斷和朋友拚酒。

要喝大家來喝，難道我會喝輸阿德嗎？

想我在北投走唱，客人總是「頒獎」給我，一杯烈酒，杯墊往往是一、兩百元現鈔，要喝得下，才能拿走賞錢，我因此練就一身好酒量。我一個人，最多可以灌掉六瓶紹興，至於阿德，他是啤酒的咖，雖然最多可以喝掉一箱，但也沒什麼。阿德的酒量遠不如我，

攝於民國七十八年，女兒婚禮當天。
那年我三十七歲，女兒二十一歲。

女兒的婚禮那年，阿德四十八歲。

又那麼愛喝，常常喝醉睡在路邊，常常要我們帶他回家，有時候還得勞駕陌生人幫忙。有一次，阿德還差點衝到橋下摔死。但阿德從不知收斂，依然故我。雖然我也喝酒，那是為了工作，平常我很少喝，除非有應酬。不過，我不否認，我的酒品也好不到哪去，喝茫了，照樣會大吵大鬧。和阿德吵架，也會摔東西，而且無論東西價值高低，貴的也不放過，要說我很白目，我也只能默認。

那天晚上，我意氣用事和大家拚酒，弟妹們深知大事不妙，卻沒人敢勸阻我。他們因為沒有位子坐，乾脆去幫忙婚宴雜事。小弟夫妻倆，還去幫忙洗碗，這讓我更氣了！宴席結束，客人走光，我們夫妻回到家裡，我積忍已久的情緒終於爆發。我對阿德咆哮，爛醉的阿德也不甘示弱回嘴，我們像兩隻瘋狗一樣互吠。最後，我把自己鎖在主臥室，以退為進，繼續和阿德對罵。阿德平日膽子不大，但那天大概是酒精作祟，居然好勇敢，像超人一樣，一拳打破主臥室玻璃，企圖開門與我對決。

因為進不來，阿德在客廳發飆，鮮血噴得到處都是，的確「喜氣洋洋」。女兒一點辦法也沒有，只能打電話叫救護車。

那天兒子好聰明，知道此地不宜久留，所以照常白天上班，晚上上課，回家後看到客廳、走廊都是鮮血也不驚訝。的確有練過。沒錯，我們夫妻吵架已經不是什麼新鮮事，無須大驚小怪。

阿德被送到新莊省立醫院包紮傷口，兒子在那裡照護，我一個人關在房裡，覺得很自責，對不起女兒。

我的女兒——徐美惠，如今四十二歲，她對國小以前的事，大都不記得了，是因為故意，還是大腦的選擇機制，我不知道，只是很驚訝，她的童年竟然一片空白。對照起三、四歲的事依然歷歷在眼前的兒子，兩個孩子彷彿來自兩個不同家庭——也沒錯，他們還小時，我將女兒寄養在大伯家，兒子被我寄養在托兒所。女兒的童年一片空白，可能是乏善可陳，但兒子曾經和我一起跟著紅猴綜藝團流浪，共創不少深刻又親密的回憶，這些事又怎麼可能輕易忘記。

我和女兒的共同回憶，就是她國中時經常便祕，常常痛得要我去學校帶她回家。我們母女之間，僅止於此。身為一個母親，我對女兒可說虧欠太多，不知補償的我，居然還給她一個那麼難堪的婚禮，真是見笑了！

是我們夫妻給女兒觸的霉頭嗎？還是他們自己的問題？這樁婚姻並未維持太久，六年之後，女兒離婚了，雙方協議各分一個小孩。民國八十四年，女兒離開了屏東，因為小兒子還不太會認媽媽，所以留給丈夫。女兒帶著大兒子，回到娘家與我做伴。對於女兒的歸來，我只能張開雙手接受，但阿德卻認為這是一個很大的恥辱。他不准女兒拜我家的祖宗，有時候初一、十五我會叫女兒幫忙拜拜，阿德看到女兒對著家裡的神主牌位燒香，總是生氣地將香從香爐裡拔出來丟掉，女兒只好趁阿德不在時，雙手合十，用手拜拜。

嫁出去的女兒，潑出去的水。阿德就是這麼想的，所以對我持續幫助娘家的事，才會如此感冒。阿德對女兒的態度，是對我的一種警示嗎？我不願多做聯想，只知道眼下家裡多了兩張嘴，要更加努力賺錢。女兒離婚回來的那一年，是兒子幫忙家裡還債的第三年，兒子對於姊姊在家裡負債時結婚又離婚的事，也不是很諒解，幸好後來債務都還清了，一切是非才煙消雲散。

其實，女兒後來也幫了我不少忙，

這張照片攝於民國八十年，我三十八歲便當外婆了！由左至右是女兒、小外孫、我、大外孫。

她幫忙照顧晚年的中風婆婆，飲食、洗澡、換尿布，甚至連婆婆便祕無法排便，也是女兒不嫌臭地協助處理。還有後來她的外婆，也就是我的母親，生病期間，女兒也常常照顧她；平日更會料理三餐給阿德吃，算是我十分得力的助手。

因為在食品工廠長期勞動傷到腰部，女兒改在家幫忙我賣菜，我們一起工作、一起聊天、一起吃飯，一起做很多事，我們最喜歡一起到阿德的菜園拔菜。沒想到，一直與我不親的女兒，居然可以在離婚之後，與我重新建立母女情誼，填補那段空白的童年記憶。

花邊故事

漸漸地，村子裡的人知道我在北投走唱的事。

有一天我在北投「貴賓飯店」上班時，一位客人請「百樂匯」的櫃檯打電話來，要我過去走唱。當我看到點我走唱的客人時，我有些驚訝，他不是別人，正是「伯公」的兒子！就是那個不准我家蓋得比他家高，誣賴我父親抓著他讓我打，將我家團團包圍，最後我在眾人面前向他磕頭認錯的伯公的親生兒子。

他知道我在北投走唱，刻意和朋友來捧我的場。

我和他雖然認識，卻不是很熟，和他的交集就僅止於剛搬到泰山的家時，偶爾去他家看電視。他對我極其禮遇，一點就是四、五個鐘頭，還常拿東西給我吃，小費也給得很乾脆。他怕我唱歌太累，唱不了幾首就叫我休息，坐下來和他們一起聊天。

這是上天給我的補償嗎？如此正常嗎？當然不！一個有家室的男人，常常蹺班到北投捧一個也有家室的那卡西女子的場，這意思已經十分明顯，但我總是裝傻。一來伯公對我造成的傷害尚未復原，二來我的道德觀不允許我這樣做。

其實對我示好的人，在當時不算少。

一個和我合作的吉他手，三十多歲，檳榔總是不離口，就算睡覺也要含一顆。他離過好幾次婚，有一次他老婆生產時血崩，我拿了一萬五千元幫助他，那筆錢在當時是一位女工接近半年的薪水。還有一次，他喝了酒，下班騎車回家時，連人帶車騎到中興橋下的淡水河畔，算他命大沒淹死，路人從證件發現他在北投貴賓飯店上班，透過飯店間接聯絡到我，這件事也是我幫他處理的。從此，他纏上了我，超過十年。

一個離過兩次婚，現下又有老婆的麻煩製造者，我不可能看上他，我只是基於同事的情誼，同情他而已。後來北投廢娼生意變差，我回到山下，跟阿枝租電話的「０１０１」時期，聽說他回到南部，沒多久得癌症死了，過世時不過四十多歲。他也是北投那卡西歷史的哀歌之一。

除了樂手喜歡我之外，也有廚師。

有一個辦流水席的「余大哥」，他的表達方式就比較含蓄。他除了常常幫我接晚會之外，也會幫我爭取更高的酬勞，還經常煮一些比較特別的食物給我吃，吃不完還讓我帶走。像這樣的例子，客人之中又更多了。常有客人要幫我過生日，或帶我去購物，我總是拒絕，但阿德就不是這樣的人。

不知是命運作弄人還是巧合，伯公的兒子頻頻對我示好，我的丈夫阿德卻對伯公的女兒有好感。那時阿德在五股「理研鑄造廠」工作，每天騎著他的老爺腳踏車上下班，有一天早上，阿德發現伯公女兒的上班地點就在他上班的半路上，從此，阿德展開溫馨接送情。

當時四妹還住在我家，就讀泰山國小，因為順路，一直都是阿德送她去

上圖：這是兩歲的兒子，拍攝地點在我們泰山的家樓頂。

下圖：兒子似乎遺傳了我的表演天分，小小年紀拍照就架式十足。

上學。自從接送伯公的女兒之後，每天早上，村子裡的人都會看到這樣的情景——阿德騎著腳踏車，後面載我四妹，前面橫桿載伯公的女兒。阿德握腳踏車把的雙手，很曖昧地接近擁抱坐在橫桿上的伯公的女兒。

這其實很不合禮俗，但不知道為什麼，我一點也不會吃醋。是不懂得吃醋，還是根本就不愛這個男人？這問題，一直到我中年之後才有了答案。

原來我只是為了一句話。

剛嫁到阿德家時，在妯娌間流傳一句話：「這個玉鳳，那麼年輕，沒多久肯定會跟男人跑了。」這句話像咒語般，把我和這個不愛的男人死死綁在一起，就算我們的婚姻已經腐爛了，枷鎖已經沒有了，卻沒有人願意離開。我們活像一對被養在籠子裡過久的鳥，不但不懂得飛走，還眷戀已經腐朽破舊的鐵籠。

很多人都說，現在的人很敢，我覺得以前的人更敢。

那時村子裡有一個男人，妻子長年臥病在床，我和他妻子交情還不錯，和那男人則少有交集。在北投工作的我，總是日落而做，日出之前休息，所以白天大都在家。那個在市場賣東西的男人，收攤之後常常來我家按電鈴，我，一個女人，哪好意思單獨接待男人？以前學校教室常不夠使用，小三以下必須輪流使用教室，讀國小的兒子，有時讀早上，有時讀下午，那男人來敲門，若兒子在家，我都會叫兒子去應付那個男人。

我真的不知道那個男人在想什麼，大家住得那麼近，又都有家庭，就算他是單身，我也看不上眼。那時北投多少多金的客人對我頻頻示好，我都視若無睹，又怎會看上一位貧窮又是別人老公的鄰居呢？

我的桃色糾紛，大都是因為我的職業給人的錯覺，而阿德的花邊新聞，卻大都是自己有意編織的。

阿德常在我上班的時候，帶女人回家聊天、拔菜，我從兒女口中得知，他們多了很多沒有血緣關係的阿姨。這其實沒有什麼，最教人受不了的是——鄰居總笑阿德傻，說他都帶一些長得比我還差的女人回家。很多人都為我抱不平，但我覺得沒什麼，因為我一直覺得這樁婚姻是個買賣，對阿德也只有責任，所以我心裡一點也不會酸，相反地，若有品德不錯的女孩，我還願意和她交朋友。

阿德的紅粉知己很多，其中有一個也是阿德在「榮隆紡織廠」認識的，她十分乖巧，我和她很有話聊。後來她回南部，常常打電話叫我去玩，有一次我真的帶著一雙兒女南下找她。

阿德還有一位紅粉知己，是在五股「理研鑄造廠」認識的，她是辦公室的職員，以前常來教兒子英文，是個高知識分子，不知怎麼會和國小畢業的阿德密切往來。她後來終身未嫁，不知是在等阿德，還是從阿德身上窺出婚姻的滑稽之處。

阿德這一生，就像我學會的第一首日語歌〈流轉〉一樣，男女之情消耗了他大半個人生。五十多歲退休之後的一段戀曲，不但讓我看到阿德的痴，更讓我見識到中年人戀愛的瘋狂。

阿德有段時間很想當乩童，處處受阻之後，他改推著一台車，在我家樓下賣菜和蒜頭。無意間，他認識了一個賣麵的離婚女人，從此，阿德為她著迷，為她瘋狂起來。

那女人就住在我家附近，阿德會去幫她搬菜、倒垃圾……回家後再跟我們喊腰痠背痛。為了叫那個女人起床，從不用手機的阿德居然去辦了一支手機，專為叫她起床，每個月手機費可以高達數千元。那時我已經在菜市場賣菜了，我的丈夫不幫我賣菜，卻成天守在一個賣麵女人的身邊。由於那女人的愛慕者不少，阿德為了她，不但常常被「虧」，還常常因為她和其他攤販吵架。但年過半百的阿德，畢竟失去了年輕時的精壯、幽默和多金，如今的阿德，又老又肥又沒錢，那女人願意和他說話，算是給足了阿德面子。由於

攝於民國七十二年，兒子就讀小學六年級，當時他們班舉辦烹飪比賽，最前面的是兒子。

競爭者很多，阿德又沒有其他優勢，沒多久，阿德便在這場愛情競技中，被淘汰出局。

好長一陣子，阿德每天神情落寞地坐在樓梯間，偷偷望著遠處賣麵的她，那樣子說有多可憐就有多可憐，宛如一隻被遺棄的小狗。

關於阿德對那女人的痴情，我早已見怪不怪，好笑的是，許多鄰居都看不下去，幾位好事者還替我去指責阿德和那女人。其實那女人有什麼錯？她離婚單身，有被人追求的權利，錯的是阿德的愛太明目張膽，一廂情願。聽那女人說，是阿德苦苦來糾纏她，這我相信。只是沒想到昔日紅粉知己眾多的阿德，老了竟然會一腳栽在愛情的流沙裡。這對一生行走沙漠的阿德來說，實在是個難以抹滅的笑柄。

解決債務

兒子從小四處飄蕩，一下子被我寄養在托兒所，一下子陪我流浪全省巡迴演出。

兒子六歲那年，我把他寄養在娘家。母親因為和阿德的恩怨，對兒子非常嚴格，常常說兒子是垃圾種的小孩。每天兒子從幼稚園下課後，母親安排他洗衣、洗碗、拖地、收集餿水等工作，而且常常要兒子跟阿德騙錢。直到兒子八歲，有一次，母親誣賴兒子偷樓下阿姨的毛線針，兒子再也不願跟外婆同住而搬回泰山的家。

回到泰山的家之後，八歲的兒子和十歲的女兒，姊弟倆每天黃昏下課就踩著三輪車去收集餿水，回家後再把餿水裡的塑膠袋、垃圾揀出來，以免豬隻誤食。那時幫我們養豬的老夫妻尚未出現，我們只有仰賴一雙兒女幫忙。

由於在外婆家受到嚴格訓練，從小兒子就包辦所有家事，洗衣、洗碗、打掃、掃豬舍，遇到初一、十五，就自己殺雞殺鴨祭拜祖先神明。

不只如此，假日的時候，八歲的兒子會自己踩三輪車去市場賣自家種的菜，這個市場也就是我現在賣菜的地方。

兒子和我小時候很像，什麼都自己來，缺錢就去垃圾場找破爛賣，他常常在上學途中發現可以變賣的破爛，就先將破爛藏在草叢或隱密處，回家時再一起帶回。沒想到這樣賺錢，居然也讓兒子年年拿到學校的儲蓄冠軍。

我們夫妻倆雖然賺很多錢，卻從不給小孩零用錢，也很少注意他們的三餐。一直到兒子國中二年級，我才知道兒子的三餐大都是在學校伸手跟同學要。國中畢業後，兒子考上泰山高職補校，開始了半工半讀的生活。他一個月賺七、八千元，每個月都會拿五千給我，剩下的錢，就自己繳學費、吃飯和零用。那時我大概三十五歲，有一天和阿德吵架，阿德說：「妳兒子賺錢都拿給妳。」我很生氣地回答：「那點錢算什麼？你要，給你。」這話無意間被兒子聽到，從此，兒子不再給我錢。

說起我的一對兒女也真是倒楣，出生在一個父母毫不關心他們的家庭，吃飯有一餐沒一餐地，父母還經常吵架、要拿刀互砍。許多年後，兒子還會好奇地問我，為什麼每次吵架都要拿「漂白水」給他喝，兒子說，他這一輩子，只要聞到漂白水就想到我們吵架的事，當然，他也從來不用漂白水。

兒子讀高一時，工廠就在我家後面，那陣子每天中午休息一小時，兒子總是匆匆買菜回家，煮給我和樓上寡居的母親吃。每天都是三菜一湯，知道我愛吃魚，每餐都有魚，直到升高二換工作。兒子升上高二到當兵退伍那幾年，我們比較沒什麼交集，他忙著讀書、工作、報效國家、揮霍青春，我則被債務追得狼狽不堪。

攝於民國七十五年，當時兒子就讀國中三年級。

阿德的債務愈滾愈大，竟引來黑道討

債。女兒跟我說之後，有一天我刻意請假等黑道來，經過懇談，我扛下阿德的債務，請他們不要再來騷擾小孩。債主是個老師，其實很好講話，只是倒了人家會的阿德總是避不見面。有錢時，我就多還一點；沒錢時，還五百元他也可以接受。

我總共幫阿德扛下兩筆債務，大概有五十多萬，這筆錢在當時並不算少。只是我自身難保，又幫助阿德，這無異請鬼拿藥單。

儘管我們賣地又貸款，民國八十一年，還是撐不下去了，那時兒子已經從海軍陸戰隊退伍，白天在希爾頓上班，晚上在南陽街補習。有一天晚上，我走進兒子房間告訴他，這間房子要賣掉！當時兒子不可置信地看著我，那種夾雜懷疑、埋怨與不解的眼神，我終生難忘。然後兒子開口了：「我這一生，麻煩妳的地方很少，幾乎沒花到妳什麼錢。妳和父親賺那麼多錢，最後給我的卻是這樣的結局。」

那晚我輾轉難眠，隔天晚上，兒子告訴我他的決定：他要我們把所有的錢都交給他，讓他清償債務。那時候我在小弟的工地打工，收入很少又不穩定，家中主要經濟來源是阿德在五股的「台灣理研鑄造廠」的薪水，以及泰山舊家的房租，總收入大概六萬多元。

兒子憑著原有收入，以一年一百萬的速度，四年後就解決我們夫妻倆三十年來的債務。我一直以為兒子拿了很多錢出來，後來才知道，他一毛也沒有拿出來，因為還完債不久，兒子立刻拿出兩百萬買了一間房子。

我很好奇兒子究竟如何還債，兒子這麼告訴我：

那晚我跟他說要賣房子時，他原本無可奈何，正當他準備默默接受現實的一切時，想到了《聊齋誌異》裡的一篇故事——〈仇大娘〉。

這是描寫一個嫁出去的女兒，如何用自己的勇氣與智慧，將破敗的娘家重新恢復成大戶人家的故事，內容細膩平實，就像真的一樣。兒子因

攝於民國七十八年，當時兒子就讀高三。

此受到鼓勵，於是和我及阿德展開溝通，希望接掌家中經濟大權，雖然我們夫妻千百個不願意，但時勢所逼，只好勉強答應。

兒子粗略計算家中的收入與支出，發現每個月仍有一、兩千元的餘錢，但是很奇怪，我們為什麼還會打不平呢？經過仔細推敲，他發現我們有一個壞習慣，就是月尾要繳的錢常放在身邊，最後就在不知不覺中花掉了！我們認為月尾的錢先繳，會被賺利息，所以都先留在身邊，結果反而得不償失。

於是，兒子嚴格控管家中支出，每當拿到該月家中全部收入，第一件事就是還債，不管月初月尾，而且先還利息最高的私人借貸，每還完一筆錢，就立一張清償證據，因為阿德常常搞不清楚欠人家多少錢，又還了人家多少錢。況且私人借貸不比銀行，凡事都該有憑有據，阿德就曾有一個債主，還完錢還不認帳。

只是這說起來容易，做起來卻有困難。平常身上麥克麥克的我們，連包個紅包都要向兒子要錢，而且要的還是自己辛苦賺的血汗錢，我們真的很不習慣。因此，兒子常常和阿德吵架。有次阿德要在新莊公寓樓下殺豬公請客，兒子很反對，因為還欠人家那麼多錢。阿德卻堅持要請，且席開八桌。兒子知道阿德沒那麼多客人，請阿德仔細算一下客數，沒想到阿德竟然說：「沒人吃就給狗吃！」難怪阿德的債務總是還不清。

聽到阿德這句話，兒子把供桌給掀了。兒子畢竟是男人，又是海軍陸戰隊士官退伍，對阿德，他比我有魄力多了！

但兒子並非只會耍狠，偶爾他也會對我們夫妻倆撒嬌、裝可愛，甚至裝可憐委屈，來激發我們血脈裡潛藏的情感。反正兒子用了很多方法，不讓我們亂花錢，這件事應該跟他從小的經歷有關，也耗費他許多情緒和精神，他經常氣得失眠、牙痛，最後補習班也沒去了，當然也沒考上大學。

攝於民國七十九年，兒子二十歲，剛下台中清泉崗海軍陸戰隊役的警衛連。

除此之外，兒子跟他朋友小額借款，請他朋友不要算利息，積少成多再拿去還高利私人借款。這樣的辛苦是有代價的。剛開始還個一千、兩千，遇到阿德領年終或所得稅退稅，也能還個幾萬塊。第一年還錢的速度很慢，到了第二年，就快得令我驚訝，這時我才知道，私人借貸的利息真是可怕極了，簡直就是吸血鬼。到了第四年，兒子大概還了四百萬的債務。

本來兒子覺得可以鬆口氣了，沒想到，我和四妹經營的卡拉ＯＫ倒閉，讓我欠下五十多萬。我想隱瞞，卻無意間被兒子發現，兒子很生氣，揚言若下次再欺騙、隱瞞，就要和我斷絕母子關係。本來我們夫妻的債務還要再五、六年才能還清，後來碰上阿德退休，才能提早還完所有債務。

後來聽兒子說，還債的那段時期，每晚下班經過珍珠奶茶攤時，他總會停下來。那時珍珠奶茶開始風靡全省，一杯才二十元的珍珠奶茶，兒子考慮許久，卻怎麼也買不下手。原來兒子是這樣理財的，難怪月薪兩、三萬又常常換工作的他，可以在十年內存到兩百萬，然後買房子，又幫我們還清債務。這一點，和我們夫妻真是天壤之別。

一心想當乩童的丈夫

退休之後的阿德，每天無所事事，在我家樓下菜市場認識了一群朋友，那群朋友不是找阿德在路邊喝一杯維士比加維大力，說自己當年有多勇，就是找阿德四處進香。

全省廟宇巡迴一遍之後，阿德便整天窩在我家附近的那間佛具店，三天兩頭就要人家幫他刻新佛像，凡是在神佛界稍有知名度的，都會來上一尊。由下而上像土地公、三太子、濟公活佛、玄天上帝、天后媽祖、關公老爺等，我家最少一尊，地位較高的觀音菩薩和釋迦牟尼佛，則有兩種版本。

這些雕像也真可憐，在天上可都是各據一方的神佛，在我家卻被迫擠在

這張照片攝於民國六十年左右，地點是木柵指南宮，主角是我和阿德。

一張書桌大小的神桌上，比寵物還不如。至於祖先牌位，則像個小媳婦般被擠到角落去，不細看，還不知道那裡住了我們幾十代的祖先呢！

也不知這算不算預謀，總之，我家在不知不覺中增加了很多神明。有一陣子，每次拜拜，神桌上都會出現新角色，到後來，位置真的很難「喬」，因為弄到最後，大家都不知道到底是玄天上帝比較大，還是玉皇大帝比較尊貴。可以確認的是，觀音菩薩和釋迦牟尼佛是主角，因為阿德有一門遠房親戚，是個女人，住在泰山通往林口的路上，職業是乩童。阿德十分崇拜她，而她家供奉的正是觀音菩薩和釋迦牟尼佛。

阿德似乎也想學那位親戚當乩童。剛開始，阿德偶爾會發出咯咯聲，像肚子裡藏著一隻青蛙。後來連吃飯、看電視時，也會沒來由地發出很像蛙類的語言，「咯咯咯……」咯個沒完沒了，好像有人在敲他肚皮。本以為他可能胃裡破了一個洞，胃潰瘍，但是等他蛙鳴完畢之後，他會用一種天機不可洩露的神情，嚴肅地告訴我們：「神來過！」通常我們都會滿肚子委屈地收拾飯碗，逃到自己的房間生悶氣。

真不知道一個男人退休前和退休後怎麼會差那麼多？

阿德果真神經大條，把大家的厭惡解讀成被他的神威震懾住了，更毫不掩飾自己的蛙叫，好幾次都把沒有心理準備的客人嚇得逃之夭夭。好在過了不久，阿德身上的蛙比較少來了，聽阿德說，因為現在神明開始教他法術了。不會寫字的阿德居然買回文房四寶，戴起老花眼鏡，開始對著一張張的金箔紙書寫起來，遠看還真有那麼一回事。

若阿德的瘋神僅止於在金箔紙上寫寫書法，那也就罷了。問題是，阿德常常把那鬼畫符的金箔紙燒化在開水裡，要大家喝。頭痛要喝，發燒要喝，咳嗽更要喝……幸好阿德不是只許自己放火，不許別人點燈的人。那符水，阿德沒事都會來上一杯，跟飲料沒兩樣。

生病、不順時，阿德更是牛飲。他常說醫生都是沒用的，卻老瞞著我們拿健保卡去看醫生，奇怪的是，看完醫生後也不吃藥。

幾年後，阿德連飲食習慣也變了，他開始學佛菩薩茹素。矛盾的是，他老愛誇耀哪裡有一家素牛肉麵多好吃，跟葷的沒兩樣。初一、十五拜拜時，他還會自己去買雞鴨魚豬，問他不是吃素嗎？他會義正詞嚴地告訴你：「雖然我吃素，可是天兵天將、各路神仙還是吃葷的，總不能那麼自私吧！」

說到自私，阿德燒香一次九支，外加香環、蠟燭，每天把家裡弄得煙霧彌漫，在客廳待十分鐘，就會淚眼汪汪。那煙說有多嗆就有多嗆，比親手宰了九顆洋蔥還辣。本來不想冒犯一家之主，誰知道他竟變本加厲，還想買一口周公時代的三角鼎當香爐，經由全家極力反對才作罷。

阿德的「住家寺廟化」進行得如火如荼，可惜常常被我們潑了一頭冷水。但他始終不放棄。買不成三角鼎大香爐，他自有補償自己的辦法。他改添購一具大的燒金爐，那金爐放在樓梯間，大小可以藏一個人，也不是普通尺寸。他買金箔紙更是不手軟，總以麻袋為單位。阿德說，既然給神明的「香」不夠，那「火」就不能不足啊。從此以後，初一、十五拜拜都是一麻袋金箔紙。沒多久，我家樓梯間的牆壁和天花板，就像給放火燒過一樣。不過，若你以為阿德的所作所為只是為了修行和滿足神，那就大錯特錯了！

之後，阿德可能覺得自己的修行已經足夠，開始趁我們不在家，偷偷帶陌生人來家裡作法，把白老鼠擴大到一般無辜的鄰居。這些人也不知是從哪裡拐來的，有一回，還把一位得腸病毒的小孩和兩位癌症病患帶回家作法。後來聽說那兩位癌症病患沒多久就往生了，幸好他們的家屬沒來告我們。

幾次下來，終於被我們發現了。這時候，阿德會用陌生人帶來的供品和紅包來賄賂我們，但是我們都不敢拿。一個自己偷偷拿健保卡去看病的人，幫別人看病賺來的錢，實在是收不下去。除此之外，阿德還極力慫恿兒子當他的桌頭，和他一起經營偉大的濟世救人事業，兒子當然不從。

試問，一個自稱受到神明欽點的人，雖然吃素，看到白斬雞和滷豬耳朵卻會流口水？光憑這點就難以讓人信服。而且一頓飯可以吃掉十幾顆荷包蛋。說到荷包蛋，這倒有點玄奇，一個每天吃十幾顆蛋的男人，多年來居然沒有高血壓、腦中風等病，也許，還真有點那麼回事。

半信半疑的我，決定測試一下阿德的虛實。於是我騙他說，附近有人來拜託他去抓鬼，阿德一聽馬上臉色大變，趕緊說神明還沒教到這一招。真神怎會怕鬼？看來阿德的神蹟，泰半是假，他應該是退休後失去生活的重心，又怕在家庭沒地位，才搞出這一套。

本來，信仰乃個人自由，就算是家人也不好多說什麼，但是阿德的信仰，不只大大影響了我們的作息，還影響到鄰居的生活。

農曆九月十九日，是觀音菩薩的出家紀念日，還住在泰山的家時，我們曾殺過一次豬公，後來宴席的鐵皮屋倒了，之後我父親也往生。沒想到十幾年後，吃素的阿德，居然又要殺一隻豬公來慶祝菩薩的出家紀念日。這時我們已搬到新莊的公寓房子，根本沒有晒穀場可以殺豬，當我家一樓鄰居得知阿德將要在他家門口殺豬時，簡直青天霹靂！

無論親人、外人如何阻止抗議，最終，那隻三百斤的豬還是在我家樓下變成了神。如同當年一樣，牠口咬橘子，下巴吊著一尾活金魚，被親朋好友簇擁著，運到附近的廟，參加一年一度的大拜拜。

相信慈悲為懷的菩薩，見到這麼多開膛剖肚的神豬，肯定尷尬不已！

看來，退休後如何安排生活也是一大問題，幸好後來在我們全家的反對下，阿德終於停止擴大他的宗教事業，改學菜市場那些老人，推著一輛小推車，賣些自己種的蔬菜和批來的蒜頭，這也替我埋下後來賣菜的伏筆。

我家就是垃圾場

兒子小時候住在母親家時，受到十分嚴格的訓練，六歲開始便一手包辦母親家的大小家事。兒子說，外婆規定，擤鼻涕最多只能用一張衛生紙，上廁所最多兩張；每天晚上七點半之前一定要上床睡覺；每次吃完飯後，必須趴在地上，用雙手，不是用眼睛掃描，摸一摸餐桌底下有沒有飯粒，如果有，就必須撿起來吃掉！為此，兒子拖地時總是特別用心。

母親對我兒子的鐵血教育，對兒子日後的人生產生很大的影響。兒子變得很節儉，常常節儉到接近自虐。另外，兒子也繼承了母親的潔癖，對家裡的整潔，有超乎一般人的標準。矛盾的是，兒子雖然節儉，卻喜歡丟東西。

當節儉和清潔互相牴觸時，兒子會選擇後者。因此，我們新莊的二十二坪公寓，儘管小，卻十分清幽。

可是，自從阿德退休，兒子搬出去住之後，一切都變了，而且改變十分驚人。這是阿德迷上收集神佛雕像後，又一力作——阿德愛上了撿破爛。

這興趣和我的有何不同呢？我撿破爛，累積到一定數量就會拿去資源回收場換現金。至於阿德，他的破爛只進不出，阿德將那些破爛像古董般收藏，一開始是自己房間（我和阿德已分房超過十年），後來慢慢氾濫到客廳、走廊，最後整個家都淪陷了！

阿德費心收集的精品破爛，由小到大，有袋子、香爐、佛經、神像、寶特瓶、塑膠椅、電視、冰箱、木梯、腳踏車、大理石板、人家做小吃的大冰櫥……其中最引人注目的是：做墓碑剩下的青石，以及別人神桌後面，那片有各路神明和福祿壽的公媽牌。後來，阿德迷上種菜，特地撿了一個二十加侖的乳白色豐年果糖塑膠桶，放在房間收集自己的尿液，累積成一桶，阿德就會載去菜園澆菜。因為尿桶的進駐，阿德的房間被我們視為禁地，更不可

這是我家的客廳，裡面的男人是阿德。攝於民國九十九年三月二十七日。

隨意打開。每次阿德打開門，那股尿騷味就會衝出來，阿德又喜歡燒香拜佛，香和尿，兩股極端的氣味混在一起，總會變成一股更難聞的氣味。這股氣味，每每都讓我想起曾經住在這間房的中風婆婆。

婆婆過世前幾年，因為大小便失禁，又常常便祕，沒有專人願意照顧婆婆。阿德的兄弟們決定，讓中風的婆婆輪流住在兒子家。剛開始阿德好孝順，誰知婆婆過世那天，退休已久的阿德，忽然去找了一個大夜班警衛來做，把守靈的工作交給我一個女人。等婆婆出山，阿德又馬上將工作給辭了！親戚間為此議論紛紛，我倒見怪不怪。

以前婆婆住在這間主臥室時，阿德還可以貼心地睡在床下。如今，這間房就像個山洞，打開門，只有一個小洞可以鑽進床鋪，上下前後左右，都是雜物的天下。裡面到底有多少東西？大概只有蟑螂老鼠知道。

說到老鼠，倒有一件事可提。我家的老鼠很奇怪，只吃阿德買的東西，至於我和女兒買的，老鼠則敬謝不敏。大概老鼠覺得阿德和牠們比較親！這話並不是在揶揄阿德，因為吃素的關係，阿德自己準備了一套泡茶的瓦斯爐，在客廳供桌旁自己煮菜，天天和神明一起吃飯，所以供桌總是油膩又髒亂。飯後的阿德，碗筷從來不洗，也不准別人洗，他的理由很充分——反正下一餐又要用，幹麼浪費水和時間。阿德的習性，的確和老鼠相去不遠。

兒子搬出去之後，剛開始我和女兒還會打掃，後來做生意賣菜，就愈來愈懶，最後竟和阿德一起培養出堆積雜物的興趣。不過我的興趣沒阿德那麼廣泛，我喜歡做醬菜和釀酒，所以醬缸、酒瓶很多。以前在那卡西走唱，也累積了很多華麗的衣服，雖然再也用不著，卻也捨不得丟掉。漸漸地，那些雜物占據了我的房間，最後，我活在一個只容三個人盤坐的狹小空間。

現在，我家只剩一條羊腸小徑，僅供居住者從大門走到後陽台。有幾次，那些送瓦斯或修水電的來我家，一開門，往往會把他們嚇一跳。為此，我家不能有客人，也不允許，因為根本沒地方給人家坐。

我家共有兩台電視，一台在客廳，一台在我房間。客廳那台電視二十九吋，螢幕雖然不小，但觀看者和螢幕之間的障礙物很多；我房間的二十一吋電視和眼睛之間雖然沒有阻礙，但因為過近，我必須彎著身體，或躺或坐，在兩層式床鋪的下鋪，很不舒服地觀賞。不知是身體無法伸展，還是家裡太髒亂，我常常生病。兒子曾經告訴我：「房子就像居住者的內心，房子很亂，身體裡面也會很亂。」

民國八十六年，我四十五歲，那年因盲腸炎被誤診為胃痛，盲腸破裂後，我住進新莊新泰醫院。手術後又併發腹膜炎，再動刀一次。醫生在我腹部開了一道二十公分的傷口，大腸被截去一大段，聽兒子說已經發黑了。這次我住進加護病房，生命垂危。那幾天我非常痛苦，不斷要求醫生為我打止痛針，可能以前喝太多酒的關係，一般劑量的止痛針對我沒什麼效果。醫生怕我傷口恢復太慢，一度不肯為我施打。我躺在床上不斷破口大罵：「你知道嗎？光是痛也可以把人給痛死。」醫生才為我施打止痛針。

那幾天，弟妹們輪番送來關心和平安符，我則忙著做噩夢。

我夢見鬼差要來帶我走，我高興地獻出雙手，好讓他們把我銬上，誰知他們看看我，竟然說找錯了，要抓的不是我。我只好跪下來求他們把我帶走，他們說我陽壽未盡，將來還有好日子要過。我說沒有，什麼好日子都是騙人的，活著真是一種罪，是上天對我最嚴厲的懲罰！但是鬼差完全不理會我的埋怨，逕自悠悠飄走，我總是罵他們罵到醒，醒來又是無止境的痛。

我總共在新泰醫院住了三十八天，兒子像先知一般，在我生病前一個月，為我買了醫療險，因此我可以住在一天三、四千元的病房，無後顧之憂地使用各種醫療用品。

出院之後，兒子要我每天去公園運動，我的身體雖然漸漸復元，但每隔數月或一年，我就會因為腸沾黏而住院。醫生說，那是腹部開刀的後遺症。每次腸沾黏，醫生就建議我開刀，切掉沾黏的腸道。兒子覺得醫生的建議很糟，一個人有多少腸子可以切？又如何忍受經常開刀手術？為此，兒子除了要我加強運動之外，也不准我再喝酒、吃冰、筍乾、醬菜，一些難消化又不健康的食物都要遠離。但我偶爾還是會因為腸沾黏而住院。

民國九十五年，兒子去法鼓山短期出家，之後開始禪修。有天兒子突發奇想，告訴我，他要把我房間的雜物全部清除。他說，父親要睡在垃圾堆那就由他，但希望我不要跟隨他父親，受他父親影響。

當時我很生氣，因為這房間裡面都是我的寶貝。尤其有那麼多走唱時留下來的美麗衣服，那些服飾是現在唯一可以證明那段北投風光時期的東西，我怎麼捨得丟掉?!但兒子很堅持，他說如果我不動手，他就要親自動手。我看過兒子丟東西的狠勁，只好乖乖自己整理，送人。

兒子給我一個月的時間，在兒子的督促下，我那間只能容納三人盤腿坐下的房間，改頭換面了。

我們粉刷牆壁，地板鋪滿了日式榻榻米，現在可以坐十幾個人。由於沒有障礙物，空氣流通，心情愉快。自從房間改造之後，這些年來，我的腸沾黏從未復發，這是心情影響身體的最佳見證。

房間僅容納他鑽入睡覺的阿德，每天經過我的房間，總會露出羨慕的表情。可笑的是，兒子要幫他打掃，阿德卻不願意。人就是這麼奇怪，喜歡抱怨又不願改變，有人要幫助你，卻又不願意接受幫助，就這麼一直爛下去。

如今，我依然住在一個大垃圾堆裡面，但我的房間是乾淨的、清幽的。我的心，也慢慢輕鬆起來。

這是我現在的房間。攝於民國九十九年三月二十七日。

從麗華變回蘇綉雲

想當那卡西歌手，除了要會唱歌、和客人打成一片之外，和飯店裡每一位員工的關係也不可忽視。這時候，逢年過節的送禮就顯得十分重要。

我們送禮通常都是選中秋和過年，至於要送什麼？這是一門大學問。最好先去打聽各家飯店老闆、股東喜歡什麼，如果不知道，就自己看著辦。通常老闆、股東我都送高級茶葉，外加一個三千元的紅包。至於內將，大都送香皂或洗髮精，一定要名牌的，不然她們會說話。我大都送「資生堂」的蜂蜜香皂，當時這可是最大的牌子。幾乎每年都要花個十幾萬元打好關係，幸好這些都可以回收，可是北投廢娼後，客人不再上門，許多飯店關門大吉，送禮也沒用了。

那時候，北投許多從業人員，包括內將、樂手、陪酒小姐紛紛轉移陣地，到台北另一個粉味遠播的勝地「萬華」繼續打拚。那卡西不再需要歌手，而是由陪酒小姐自己唱歌，從此那卡西不再三人同行，而是鼓手、吉他手兩人一組。後來電子琴普及，可以一次取代鼓手和吉他手的地位，漸漸地，那卡西只剩下孤零零的一個人。

廢娼後，可能因為當時沒有卡拉OK和KTV，還是有少數客人迷戀北投的那卡西風情，但是再也沒有那卡西團員嚮往當駐店歌手，送禮文化也成為了一種歷史。

我離開貴賓飯店，到山下的中和街，跟開茶葉行的阿枝租一支電話「0

攝於二十年前左右，地點是我後來新莊的家，照片左邊是我的母親。

101」，又回到剛進入那卡西的時期。阿枝是個三十多歲的男人，經營茶葉、電話間和接送那卡西的生意，當時生意很清淡，有時候好幾天做不到一位客人，閒來無事我只好幫阿枝揀揀茶枝，打發打發日子。

沒想到半年後，年輕力壯的阿枝，睡覺時忽然暴斃死了！他的店也跟著收起來，這次，我真的失業了。

那時我和阿德因為不擅理財，各自積欠龐大債務，我們被迫賤價賣了泰山七百坪的地，仍然無法逃開債務的壓力，我只好轉型，開始接晚會和工地秀。為了接這些案子，我回到北投重組康樂隊，我當主持，專做尾牙、月光晚會。所謂的月光晚會，就是一些私人的聚會。我們的組員有小杜，他是一個不到三十歲的年輕人，長得高高帥帥，很會打鼓。至於麗香，她負責電吉他。還有一個小成，人不高，但是脾氣很好，他專門負責燈光。

這些人都是我熟識的，我們合作起來十分愉快。後來，我在某個機緣下，認識一位「余大哥」，他長得不高，胖胖的，頭臉十分光滑。余大哥之前在北投「華南飯店」當大廚，受到廢娼波及，自己出來創業，專辦流水席。余大哥對我很好，每次接流水席都會順便幫我接晚會，讓我分一杯羹。平常的晚會，一場可以拿到八千至一萬五千元，身兼主持和歌手的我，和樂手分一分，還可以拿到幾千元，總比在電話間苦等客人好多了。

不過，隨著卡拉ＯＫ和ＫＴＶ普及，我的生意愈來愈差。後來乾脆解散康樂隊，經由朋友介紹，我到汐止工業區一家酒店當公關經理，專門帶小姐，我們有很多股東，我也是其中之一。因為我身兼經理，所以每個月有三萬五千元的薪水，那時我底下有十二位小姐，小姐坐檯費一檯五百元，生意不錯，我經常要喝酒喝到天亮。正當一切漸漸步入軌道之時，我的喉嚨卻出現了問題，看過醫生後，發現那裡長了一塊息肉。醫生說，只要動個小手術割掉就好，沒想到手術之後，倒楣事一件接一件發生。

這張照片大概是我四十歲左右拍的，當時的我正準備去做晚會。

那年我三十九歲。

動過手術不久，有一天清晨，我開車從汐止工業區回家，經過承德路的三德飯店時，一群飆車族忽然出現，我為了閃躲他們，不慎撞上停在路邊的一輛雷諾汽車，由於力道過猛，產生連鎖反應，那輛雷諾汽車又繼續衝撞前面幾輛車。我當場昏倒在方向盤上，是一位路過的小夥子送我到馬偕醫院。到了醫院，我醒來看看沒什麼傷口，於是又回到事發現場，想開車回家，但我車子的水箱已經破裂無法發動，只好搭計程車回家。

離開前，我在那些受損的車輛上面留下我的電話，前前後後總共賠了三十萬左右。本以為這筆錢可以在汐止的酒店中賺回來，誰知道我們合夥的酒店生意愈來愈差，最後竟然倒了！別說薪水沒拿到，就連股金也沒了。

失業之後，最小的弟弟介紹我去工地做粗活。民國八十幾年，當時房地產還在巔峰時期，那時工地的女臨時工一天的行情是一千元，但我弟弟給我一千三百元，可惜做沒幾年房地產便崩盤了，工作量很少。由於收入不夠，我開始在工地撿破爛，像小時候住在大龍峒那樣，我用最原始的本錢，父親傳給我的謀生方法，度過人生最黑暗的時期。

後來，一位朋友找我到三重合夥開「摸摸茶」，於是我離開工地。我們總共有四個股東，每個人出六萬，店裡共有二十多位小姐，小姐坐檯一檯是三百元。我除了出錢之外，又像之前在汐止那樣身兼經理，本來生意也還不錯。誰知道，其中一位股東常常偷店裡的東西，又會做假帳，結果當然以賠錢收場。沒錢又沒工作之下，我又回到小弟那裡打零工，但是我心裡一直想著要重新開店。

當時四妹和朋友在三重五華街開了一家「清茶館」，裡面附設卡拉ＯＫ。因為掛「卡拉ＯＫ」的招牌，一年要一萬多元的

我和女兒的兩個小孩。沒想到我在不知不覺間，也從一個媽媽變成了阿嬤。

稅金，而「清茶館」的招牌只要一千多元，所以大家都是掛「清茶館」的招牌。裡面的卡拉０Ｋ設備，都是業者拿來放的，店家無須出錢，想唱歌必須投錢，有粉味的投二十元，沒有粉味的投十元，卡拉０Ｋ業者每十天會來開鎖算錢，營業額必須與店家對分。

本來四妹也做得好好的，後來出現一些問題，我便叫四妹請她朋友將股分讓給我，我總共花了七萬元，頂下那家清茶館，然後重新開張。

我騙家人在三重的一家自助餐當廚房人員，所以卡拉０Ｋ店不能開到很晚。我們早上十一點開門營業，四妹負責外場公關，我負責內場的烹飪和準備工作，但我仍免不了要出來和客人套套交情、喝喝酒，通常晚上七、八點我們就會打烊。

清茶館的客人大都是四妹的朋友，他們常常喝酒不付錢，有的客人一欠就是五千多元。還有一位客人是個計程車司機，他從一百元開始欠，欠到六千多元，還是一點還錢的意思都沒有。我永遠記得，他每次來都點一瓶啤酒（五十元）、一盤黑瓜子（二十元）、蜜餞（三十元）。最多曾一次欠下七百元，但是他從未付過一毛錢。我們雖然不想讓人欠帳，卻又無力催討，更不能阻止這種客人上門。我們能做的，就是把客人的帳記下來，期待有一天，客人良心發現還我們錢，然而誰都知道，這是一筆要不回來的爛帳。

在這條街上開清茶館，除了客人十分難搞之外，同業也可能會想辦法阻止你做生意，我們的門鎖常常被破壞，短則一星期三次，長則一個月一次。不過裡面的設備都從未被動過，因為這條街短短五百公尺就有六家清茶館，競爭十分激烈。

除此之外，管區也常常來找麻煩，本來我們想收掉不做，但是許多客人的帳都還沒收回來，我覺得很不甘心，於是我搬到一公里外的富華街重新開張。這裡租金一個月一萬五千元，押金三萬，最初生意很好，可是對面有一

這是我四十多歲時拍的，地點在我家三樓的娘家，那時我的歌手生涯已近尾聲。

間工廠，裡面的工人看我們兩個女人經營，常常來白吃白喝，一進來就跟我們裝熟，自己拿碗筷，坐下來和我們一起吃飯。有時候我們煮稀飯，他們還會嫌。還有一些黑道分子也是如此，甚至會跟我們要錢。這就算了，還常常嚇到客人！漸漸地客人變少了，我和妹妹也拿他們沒辦法。

客人變少了，管區倒是來得很勤，說起話來拐彎抹角，因為這是不能說的祕密，所以不提也罷。總之，每個月除了一萬五的房租，我必須額外支出五千元，但是依然不得安寧。正當我不知如何走下去之時，有一天我上班開店門，發現那套昂貴的卡拉ＯＫ設備居然不見了！這套設備是業者拿來寄放的，一套要價十幾萬。經過討價還價，業者同意我用八萬元賠償。我和妹妹商量後，決定將店裡可以賣的賣掉，再去向積欠酒帳的客人要一些錢回來，就結束這家店。

後來我們賣掉電視、冰箱，得到七千元，至於客人欠帳的部分，由於催討時，我被客人打了一拳送進醫院而決定放棄。我和妹妹仔細計算一下，開這家店，我們總共負債了五十萬。直到那一刻，夢才醒了。

為了還債，我必須繼續工作，於是，我卸下胭脂，和退休後的阿德，在菜市場賣起菜來。菜市場什麼人都可能出現，好幾次我遇到以前在北投那卡西的客人，他們總是疑惑、驚訝地望著我，這是以前那個身穿華服，手拿麥克風、出門有轎車代步的「麗華」嗎？剛開始我總會猶豫，到底要當一朵永不凋謝的塑膠花，還是漸漸枯萎的鮮花？

很快地，我終於克服自己的心理障礙，從「中年的麗華」回到「童年時的蘇綉雲」。

昔日的北投三麗其中兩位。左邊是麗文，右邊是我麗華。

現在的我，是賣菜的蘇綉雲。

我用自然的微笑和熱情，來招呼那些曾經目睹我華麗時期飛上枝頭變鳳凰的客人，漸漸地他們也習慣了這個不施脂粉，腳踩一百元布鞋，身穿五十元俗豔洋裝的「蘇綉雲」。

在菜市場賣菜，不知不覺超過十年了，我很享受這種平淡的生活。民國九十四年，在兒子的鼓勵下，我到新莊思賢國小補校報名，過起了白天賣菜，晚上上學的日子，重拾七歲那年的ㄅㄆㄇ。猶記得，童年在彰化秀水開學的第一課叫做〈開學樂〉，四十幾年後，在新莊思賢國小的第一課則叫〈上學去〉。我這輩子，似乎就是不斷地「學」，從錯誤中，從痛苦中，從無知中……學習生存下去的本事。

這就是我的故事。

我的一生，總共有三個名字。出嫁前的我叫「蘇綉雲」；出嫁後的我叫「徐玉鳳」；在北投那個不夜城的我叫做「麗華」。

現在的我，則是滿臉皺紋的「蘇綉雲」。

賣菜的趣事

即使只是賣蒜頭的小生意，也會遇到各種奇怪的人。

這個位於新莊棒球場附近的菜市場，已經有超過三十五年的歷史了。早在我賣菜之前，我的母親和兒子，便先後在這個菜市場賣過甘蔗和蔬菜。沒想到三十年之後，我也會卸下濃妝，開始在這個菜市場賣菜。

其實，年近五十歲的我，本來是不打算賣菜的。我想去自助餐當個助手，但那時看退休後的阿德獨自推著推車，在菜市場賣菜，被人家趕來趕去，於是，我去請人家幫我們弄一個攤位，在自家樓下賣起蒜頭和薑母等爆香的配料。現在的菜市場和以前差很多，以前來菜市場的主婦不是走路就是騎單車，現在則大多是騎摩托車。這代表職業婦女變多了，閒話家常的三姑六婆變少了，但是請放心，長舌婦永遠不會絕種。就算絕種，也還有長舌男頂替，菜市場的閒話往往比菜和客人多，但是有趣的事也不少。

有一天，一位男客人走過來說要買薑母，我問他要大塊小塊，他居然說只要一兩。這又不是人蔘，賣了這麼多年的菜，我還真是第一次碰到客人只買一兩的薑。最少也該買個十元吧?!好，你要一兩，我就給你一兩。沒想到他走後沒多久，又氣沖沖地回來，說我唬他的斤兩。現在都用電子秤，真的很難動手腳，更何況是一斤才幾十元的薑母，而且只買六塊錢，我真不知道他是怎麼認為我在唬他。我索性把六元拿出來，請他把薑母還給我，他才心不甘情不願地走開。

我以為這會是我這輩子做過最小的買賣，才不！一位主婦來買紅蔥頭，挑了很久，說她挑好了。我把塑膠袋拿起來，怎麼那麼輕，有沒有搞錯？她說沒有。我一秤，居然只有兩元，真是打破世界紀錄！這大概是我這輩子做過最小的買賣了。這沒什麼，後面還有更絕的。一個從未跟我買過東西的客人，走過來跟我要一顆紅蔥頭，還真敢哩！一般都是買東西才可能附贈，或是熟識的人。非親非故又無交情，就這麼大剌剌過來跟我要紅蔥頭的，除了他，沒有第二人了。這算厚臉皮嗎？先聽聽下面的例子再評斷。

一位尼姑來跟我化緣，看在佛祖的面子上，鏗鏘兩聲我給她二十元。給完錢之後，她居然一點離開的意思也沒有，是嫌太少嗎？不，我猜錯了。尼姑開口了：「可以布施我一包蒜頭嗎？我要大顆一點的。」我有點驚訝，出家人不是不能吃蒜頭嗎？「妳要蒜頭做什麼？」我好奇地問。「泡酒用的。」尼姑理直氣壯地回答我。出家人不是不能喝酒嗎？這個尼姑居然又是酒又是蒜頭。「不行！我蒜頭一包要五十元。」我有點生氣地回答她，尼姑只好黯然離開。她走後，我忍不住後悔起來，剛剛真不該給她二十元，若她拿去買酒和蒜頭，真是幫忙犯戒了。

這個尼姑算厚臉皮嗎？我覺得還不算。

一個曾經跟我買過幾十元東西的年輕女子，有一天親熱地跑來跟我說：「阿姨！我最近手頭有點緊，可不可以借我五千元？」不是五十，不是五百，而是五千元。我只好告訴那女子：「阿姨一天做不到一千元的生意，哪有五千可以借。」真是敢啊！

這個女子算厚臉皮嗎？我覺得也還不算。

一天，我正忙著招呼客人，一個歐巴桑趁我不注意時，把我放在攤位下剛買的菜一把提走，我立刻追上去。我抓住她，問她幹麼拿我的菜？沒想到她居然反問我：「妳買菜要幹什麼？」當然回家煮，那還用說嗎？接著她用一種教訓的口氣跟我說：「那我也是拿回家煮啊！妳煮和我煮不都一樣？」這話真是說得我啞口無言。

菜市場常常都有這種偷菜者，一位常常來跟我買菜的主婦，買好放在機車上的菜就常常被偷，有次她放了一包垃圾，回來竟然也不見了，她忍不住跟我抱怨：「夭壽！連垃圾也偷。」

菜市場有些想占便宜的，也有些被占了便宜還不知道。

地瓜葉我一把賣十五元，一個歐巴桑站在我攤位旁邊，選女婿一樣看著我的地瓜葉，許久之後，終於走過來蹲下去，憐惜地摸著我的地瓜葉說：「算便宜一點，三把算我五十。」當時我沒想太多就賣給她，事後才想到，我居然多賺五元。

菜市場的事，光怪陸離。一個四肢不全的男子，背後拖著小推車，一手推著小塑膠籃，放著阿吉仔的歌，努力往前爬。一位主婦被感動了，打開錢包，掏出三十元，蹲下來放在男子的塑膠籃。男子看到後不但沒有感激，還氣得把三十元從塑膠籃中抓出來，一把丟向前方。三個銅板發出一陣響聲，吸引大家行注目禮。給錢的主婦尷尬地一一拾起銅板，然後快速走入人群之中，消失了。大家又若無其事地繼續做生意。

但菜市場不是只有這種負面教材，這裡也有許多溫馨時刻。

雖然現在主婦們總是匆匆來去，買賣久了大家也有感情。常常有客人會拿東西來給我吃，陪我閒話家常。攤販們也會互相捧場，生意不好也可以以物易物。若想去吃碗麵、上個廁所，就請旁邊攤販幫忙顧一下，和百貨專櫃沒什麼兩樣。久而久之，大家就像家人一樣親密，所以當阿德愛上旁邊賣麵的離婚女人時，才會有那麼多攤販為我抱不平。

說到阿德，我很怕叫他幫忙顧攤子。他對客人一點辦法也沒有，還常常

這是我五十七歲時拍的。
我現在賣菜的地點就在新莊的聯邦菜市場。

收到假鈔，收到後也不敢讓我知道。所以，我乾脆跟他說：「如果金額很少，就請他改天再拿來。」買賣有時候就是憑著一股信任，有個客人欠我七元，下次來時我提醒她，沒想到她還要分期！說這次先還妳三元。有位客人買了三百元竹筍先賒帳，從此人間蒸發，再也沒出現在菜市場。

這些都是菜市場發生的事，雖然這裡永遠都賺不到北投那種薪水，但這裡的每一天，都平淡又有趣。

幕落

寫在故事之後……

關於我眼中所認識的母親，以及這個故事的由來。

我的母親蘇綉雲

民國九十八年的十二月，我的母親蘇綉雲，忽然出現在我家。她臉色慘澹、頭髮發白地坐在我的客廳。很意外地，母親告訴我，她想在我家住一陣子。

母親向來對我家興趣缺缺，因為我家雖大，卻沒有電視、網路、洗衣機，附近更沒有她熟識的鄰居。母親可以不用網路和洗衣機，卻不能沒有電視和鄰居。來到我家，恍如回到上古時代。因此，一定是有大事情發生，母親才會甘願遠離文明，和我一起過著原始生活。

那時候，我也正遭逢人生最大的創傷。起初，我和母親各自隱瞞自己的心事，像陌生人一般客套地住在同一個屋簷下。後來我覺得不是辦法，一天晚上，我決定對母親展示我的傷口，向來喜歡隱瞞負面情緒的母親，終於也打開心鎖，對我娓娓道來。

已經很久了，我和母親已經很久沒那麼親近過了。自從國小五年級母親罵我一點男孩子的樣子也沒有，自從我在學校找到一些志同道合的好朋友，我和母親便漸行漸遠。遠到我幾乎完全忘記，曾經，我和母親是那麼親密。

那包括三歲被寄養在托兒所的我，偶爾和母親一起逛菜市場，吃可口的食物。那包括四歲的我，和母親一起跟隨紅猴綜藝團浪跡天涯。那包括五歲的我，總是要求母親把硬硬的醬油瓜子嗑開，像煮熟的蛤蜊肉，好讓我方便食用。那包括八歲、九歲、十歲的我，老是熬夜，等待夜半傳來熟悉的開門聲——那是母親從北投走唱回來，疲累卻輕手輕腳地開著門，但大多時候我總是等到睡著，只能抱著有母親味道的枕頭充當母親。這些記憶，都是我一個人獨享，姊姊沒份。曾經，我以此自豪，常常拿出來跟姊姊炫耀。沒想到，當初珍貴的記憶，如今卻離我好遠好遠，遠到我幾乎忘記。

直到我們各自打開傷口，我們的生命線，才再度交會。

但我們畢竟生疏很久了，需要一些時間，才能慢慢恢復當年的感覺。

我想，記憶、創傷、坦誠會幫助我們的。

我的母親蘇綉雲，一位有三個名字、自殺過四次的女人，她是我這輩子見過最可憐，也最不照顧小孩的女人。她一路跌跌撞撞，這輩子為了娘家，不但犧牲了自己的青春、婚姻，甚至犧牲自己小孩的童年。是她童年的經歷告訴她，小孩子不用養就會自己長大嗎？還是她明知故犯地把重心放在她的歌唱事業？或許是她太年輕，而人生又太複雜，以致她本末倒置、粗心忽略。

比起自己的小孩，母親也許更熟悉自己弟弟妹妹的成長點滴。對我的舅舅阿姨們來說，我的母親，也就是他們的大姊，或許比我外婆更像他們的母親。因此，母親對自己小孩的認識，實在貧乏得可以。

年輕時的母親並不知道，有時候我的一餐飯，是一整盤鹹得要命的小卷，或一碗豬油拌飯。這還算好的，在家裡多少可以找到一些食物，如果在學校，又是上整天課，那我就必須學習蟾蜍，鼓起臉皮，向同學打游擊，這位要一點蔬菜，那位要一口滷蛋，另一位要點排骨……從小三要到國二，我居然也長成一百七十多公分的少年。

我的母親蘇綉雲，在我四十歲那年，毫無預警地出現在我家。儘管她的人生比一部八點檔連續劇還精采，對我來說，她卻比較像穿插在連續劇之間的廣告。她真的不是一個稱職的母親，她的表現不但不連貫，而且常常顯得突兀。因為她有三個名字，三種身分，比《魔戒》中的咕嚕還多一個分身。

有時候她是一個萬人迷，我永遠忘不了，有一次賣芋冰的攤販來到我們村子，村裡的小孩立刻將攤販團團包圍，卻沒人有錢買，母親居然見者有份地請全村的小孩吃冰。那時候物資缺乏，小孩們因此喜歡上我的母親，連小孩們的父親，也有幾位對母親頗有好感。民國六十幾年，你要去哪裡找一位美麗、慷慨、大方，又會唱歌的鄰居呢？

但這個母親是屬於別人的。

我的母親是那個每天睡到中午才起床，起床之後會頂著一頭亂髮，走到我家二樓陽台，像周星馳電影《功夫》裡的「元秋」開始獅子吼：「阿雄！阿雄！阿雄！……」那時我大都在生火煮東西，我喜歡把鄉間雜草和蔬菜放在一起煮，那是我學習烹飪的練習曲。

是母親瀆職，讓我六歲就會洗碗、洗衣、拖地板、收集餿水。是母親瀆職，讓八歲的我學會撿破爛，賺取自己的零用錢。是母親瀆職，讓我九歲就可以一個人踩著三輪車，載著上百公斤的高麗菜去菜市場吆喝，然後將換來的現金拿去買菜、魚、肉、水果；初一、十五，自己到雞寮抓隻什麼家禽來宰殺。是母親瀆職，讓十六歲國中畢業的我，半工半讀提早進入社會。是母親瀆職，讓二十三歲剛退伍準備考大學的我，不得不放棄夢想，扛下家中五、六百萬的債務。

然而，要不是母親瀆職，今天的我，可能只是溫室裡一隻愛撒嬌的貓，絕無法變成一隻打不死的蟑螂。熟識我身家背景的人都很意外，這個徐正雄怎麼沒有變成流氓？最基本也該被抓去關一關。他們的分析與猜測，或者說「期許」，理論上是沒有錯的。在這裡我也不想騙人，若以一般人的角度來看，我其實也不是什麼好東西！

我的人生，和《魔戒》的咕嚕一樣，充滿了掙扎：正與邪，好與壞，時常在心中拔河，且勢均力敵。我其實每次都想做壞小孩，但不知道為什麼，到了緊要關頭總會臨時轉向，往好的那一邊稍稍靠攏。我，老是踩在警戒線上，原因可能出在我的叛逆。我不想朝著別人為我預測的方向，就像母親不想實現別人的預言：說年輕的她，肯定會跟其他男人跑了。當然，我後來的轉變，跟我謹慎選擇朋友很有關係。像國中同學蕭仁傑、當兵學長陳建杉，是他們陪我走過搖擺不定的破爛吊橋。當然，我的人生旅途上，還有許多幫助我的人，在此無法一一細數。

血緣關係，除了反映在外表之外，還有潛藏在內心的個性。姊姊的個性愈來愈像優柔寡斷的父親，我卻繼承了母親爽朗、樂觀、愛唱歌的天性。我和母親還有一項共通特質，就是迷糊。我是電子科畢業，可是我不但不會修電器，還怕電怕得要命。後來去錢櫃ＫＴＶ上班，客人都氣得把我拎起來了，我還不知道他想打誰。而母親的迷糊也不在我之下。還債期間，我為了省錢，過年想自己刷油漆，母親表示想幫我，等我下班回到家，傻眼了！母親竟然把家裡所有窗戶都漆上藍色油漆。光被關在窗外，我家變成了一間鬼屋。

還有一次，也是在還債期間，我要母親去借六十萬，拿回來後，先放她房間。等我回家之後，怎麼找都找不到那筆現金，我心急如焚，以為錢被偷走，後來母親回家，一副風輕雲淡地說：「不就在那裡嗎？」我一看，竟然在垃圾桶旁邊，還用一個破舊的塑膠袋裝著。

這就是我的母親蘇綉雲。有時候她還真是可愛，如果她可以戒掉抽菸、喝酒，那會更可愛。

儘管童年時，母親打起我和姊姊毫不留情，但和父親相較之下，我和姊姊都偏愛母親，也從來不恨她。

因為母親也是受害者。儘管她這一生也做了不少錯事，但誰能無過？重點是母親是一個可以溝通的人，也願意改變，我們才能一起走入時光隧道，回到早年的親密。在此不得不感謝挫折與創傷，讓我們緊緊靠在一起，更讓母親皈依且虔誠信仰佛教，藉宗教的力量改頭換面，重新活過來，真是因禍得福。所以，當下次問題來臨時，我會樂觀以對，那是我提升自己的機會。

故事背後的故事

關於這本書，它的背後也有一個故事，其情節也和飄浪之女一樣坎坷。

我曾偶然在一個場合看到知名紀錄片導演楊力州拍的《飄浪之女》，看完發現，那部紀錄片裡面記錄的，正是多年前到日本發展的那卡西女子的故事。我想起了從事那卡西的母親，她也曾經有很多赴日發展的機會。當時母親為了子女而放棄這個好像十分光榮的機會，經由楊力州導演的披露才知道，錯過的，不一定是遺憾，假如許多年後，還有機緣看到結局。

當時書市出現了幾本書，像《漲潮日》、《流氓教授》、《多桑與紅玫瑰》等，掀起了一片書寫家傳和個人史的風潮。《中國時報》浮世繪副刊登出了徵求「我的故事」的告示，於是，我將母親那卡西的故事濃縮成

四千字寄過去。沒多久，副刊編輯「陳斐雯」小姐來電，希望我可以用第一人稱的「我」來說這個故事，如此比較有說服力，因此，連作者的名稱也必須改成我母親的名字。

民國九十一年四月九日，一篇〈飄浪之女〉以「徐玉鳳」的名字在《中國時報》浮世繪連載兩天。過了幾天，我收到一封從浮世繪副刊轉寄來的讀者信件，是一位電視連續劇的製作人，她說看完我寫的故事之後非常喜歡，想買下我的版權。她建議我，把這個故事完整地寫出來，她願意等。

然而，這故事才寫出四千字，頂多只能算大綱而已，還沒完成的東西，又怎麼賣版權？萬一賣出去，寫不出來或寫出來品質很差，要怎麼辦？不但毀了自己的名譽，也糟蹋了母親珍貴的故事，而這故事一生只有那麼一回啊！

那時我在《錢櫃雜誌》當找資料的工讀生，迷惑讓我走進總編輯的辦公室，總編輯問我：「製作人打算用多少錢買你的版權？」這個問題我早就問過了。她說「很少」，我便問：「有多少？」最後製作人並沒有說出一個確切的數字。總編輯說：「既然很少就別賣了，留著慢慢寫。」

製作人感到很失望，問我可不可以使用我的篇名「飄浪之女」去拍電視，我說當然可以，這四個字又不是我的。過了一陣子，我在報紙上看到有一部戲叫做《漂浪之女》即將開拍，找了歌手孫淑媚當女主角，沒多久，便在中視午間看到戲劇播出。看到一部戲如此快速播出，自己的故事卻隻字未動，覺得十分汗顏，於是，我也開始動筆。

如果你常寫文章就會發現，故事其實和水果一樣，需要時間生長。不同的是，故事長在作者的腦袋裡，且沒辦法施肥，就算是有機肥也沒用。彷彿故事自有其生命機制，它不受外界和作者的控制，假使你妄想用高超精妙的文字技巧讓故事提早熟成，結果可能會大失所望。看過《大長今》嗎？有一天，長今在一戶農家吃到非常可口的食物，皇宮的食物也為之遜色，長今不斷懇求掌廚的農民傳授她烹飪的祕訣，農民一直說他沒有祕訣，只是耐心等候植物生長。

《漂浪之女》播完了。我的〈飄浪之女〉也完成了，當時覺得寫得很辛苦，如今再看卻慘不忍睹。為了生活，我將稿子投往《更生日報》，想必對編輯造成很大的困擾，後來有一部分在更生副刊登出來，其結果就是不了了之。我沒有出版或寄給任何電視製作人的勇氣，這故事被我束之高閣。

而後我不斷努力提升自己的寫作技巧，出了幾本書，得了一些獎，但就是拿母親的故事沒轍。直到天時、地利、人和都來了。

最初，是我無意間在《聯合報》副刊，看到桃園文化局在舉辦一些免費的藝文課程，厚臉皮的我，從新莊跨縣去參加。內有一堂東年老師的小說創作課。老師要我們每一位組員寫出一本書，我本來想寫有關《生活禪》的故事，東年老師卻要我寫母親的故事。我覺得十分為難，因為這些年來，無數次我將已寫好的五萬字拿出來看，每每令我感到困惑，它像一棵種了許多年卻不願開花結果的樹。但是這棵樹，最近卻有了動靜。

許多農夫為了提早收成，會對植物使出很多手段，修剪、放水淹、裝電燈加強日照……別以為植物是靜態的生命，對外在的改變總是唯命是從。其實，植物受到外來刺激，體內基因的轉變，比動物還迅速。

九十八年十二月，我和母親各自受到十分巨大的打擊，不約而同得到憂鬱症。母親為了逃避一些困擾，搬來和我同住，本來居住兩地的我們，可以巧妙地掩飾我們的傷口，但是現在住在一起了，使我們不得不坦誠以對。

我透過冬泳、爬山、種菜、打坐、氣功，和正面思考而得以重生，因受創而讓生命力達到有生以來的高峰。經由自己從大自然和宗教所獲得的能量，我為母親擬出一份課表：「清晨起床走路半小時，順便到附近媽祖廟做懺悔。完畢後到公園運動半小時。回家後吃我種的有機蔬菜，吃完後用手洗衣、打掃、念佛經，然後出門打工三小時，下班後，去萬華龍山寺和眾人一起做晚課。」

一直以來，母親從不輕易將痛苦和傷口對我示現，三個月前她忽然出現在我家時，頭髮都白了，我驚覺到竹子似乎要開花，決定不再和母親互相隱瞞彼此的傷口。透過坦白，透過面對問題，經由佛菩薩的力量，我們母子雙雙從鬼門關爬回來，我想起了四歲那年，我和母親跟隨紅猴綜藝團巡迴全省賣藥，最後母親生病，被迫留在台南旅社，與四歲的我相依為命的記憶。

這一次，似乎和上次一樣，只有我們倆。相同的是，母親和上次一樣衰弱。不同的是，我從一棵四歲的小樹苗，變成一棵四十歲的大樹。儘管我也受創嚴重，散盡綠葉，但憑著我粗壯且繁雜的枝幹，暫時也能為母親擋去一些日頭與風雨。

病痛和挫折令我感到時間的迅速消逝，普賢菩薩說：「是日已過，命亦隨減，如少水魚，斯有何樂？大眾，當勤精進……」母親的到來，因創傷和我同住的因緣，在在醞釀出我重寫故事的氣氛。我試著打開電腦，卻完全找不到那五萬字的電子檔，只發現一篇名為〈飄浪之女〉，打開卻只有目錄的檔案。〈飄浪之女〉似乎金蟬脫殼離我遠去，幸好當初有列印出來。但是這個「幸好」並未給我太大的幫助，我翻翻舊作，發現那根本只是一本「抱怨剪貼簿」，裡面大都記載何人何時對母親的惡行惡狀，以及母親的恨意。過了多年，我知道這絕對不能成書，若成書，也只是恨的延伸。

我必須把過去的〈飄浪之女〉放水流，超度它，讓它投胎轉世。

重新降生的故事，只剩下舊版的三分之一血統。我重新訪問母親，現在她與我同住，使我擁有非常充裕的時間追索過去，再和舊版〈飄浪之女〉兩相對照，透過新的心境，再次書寫。與其說我在寫一本書，不如說我在做果樹嫁接，或器官移植，我幫這個故事換了一顆心，幫她把恨「逆時針旋轉」變成愛，整個故事的情節不變，但氣氛和感覺卻截然不同了！

這是一種虛構嗎？不！母親在佛菩薩的加持下，透過她自身的努力，不再充滿恨意。她願意原諒那些久遠的委屈，讓感激和愛，進駐那些長久以來被負面記憶占據的空間。

氣候會變遷，恩怨也會改變。過去寫不出來的文章，因為最近發生的種種厄運，在短短兩個月內寫出來了。種了八年，終於開花了，因為時值三月，因為熬過嚴冬，它彷彿滿樹燦爛的櫻花。

去不了日本的飄浪之女，在台灣這塊自己的土地上，也能開滿一樹的櫻花。人生，其實沒那麼複雜，只要不放棄，只要正面思考，總有一天，每個人都會開花的。

叨叨絮絮囉囉嗦嗦了六萬字。

願，看過此書的人都能找到一點生命的慰藉。

願，每個我認識和不認識的人，都能從挫折和創傷中得到智慧與勇氣。

我的故事說完了！糾纏八年的飄浪之女終於悠然飄走，也該換我去飄泊了。

再見了！飄浪之女。再見了！糾纏我和母親的憂鬱。

新版後話

這本書出版八年之後，很多事都改變了。父親倒下，只能以輪椅代步，剩一張嘴的他，吐出來的埋怨和吞下肚的食物一樣多，完全不肯饒恕過去，即便外婆已作古多年。為此，我買了一台念佛機和父親對抗，試圖調和他不平衡的心靈，絕不和他起爭執。沒有聽眾和對手，念久了他也會厭倦。

近日出版社來信說要將庫存銷毀，因為書已黃、長出斑，無法繼續銷售。當初，這本書放了八年才寫出，出版八年後要銷毀，很多朋友覺得不捨，我卻覺得理所當然。

這世界有什麼是恆久不變的？在瞬息萬變的現在，一本書能活八年也算不容易了。

書銷毀數月後，出版社又來信，表示要重新出版。老實說，除了感謝、感動之外，我充滿了意外。在書市如此低迷的年代，出版一本書需要更多勇氣才行，我真不知該說些什麼。只能請老天垂憐，讓出版社多少賺一點。

這本書出版後，許多人好奇，到底是什麼原因擊敗樂觀的母親，當時有所顧慮不能明講，八年後，母親頭上那朵烏雲終於消散。那個如同《哈利波特》中不能宣說的名字，正是母親疼愛的二弟。

母親背過他、育過他，因他闖禍而被外公用一只瓷碗打碎膝蓋的母親，這次，又被他所傷。母親後來都稱呼他——「那個人」，想試著劃清界線，彷彿他的名字是開啟一場噩夢的鑰匙。

那個人成年後，繼承了外公的職業，以資源回收維生，這樣淺薄的收入，卻有著奢華的嗜好。那個人不知何時，迷上了魔鬼的糖果，母親小小的攤位是他最方便的提款機，不給糖，就搗亂，站在攤位讓你無法做生意，讓大家疑惑、好奇……他用自己不能曝光的惡習來勒索母親，迫使母親從錢袋中掏出妥協，母親是女媧，用辛苦賺來的鈔票補天。

母親的樂觀，也隨著積蓄被那個人快速掏空。再也無法承受的母親，選擇躲避，來到向來沒有好感的我家，祈求最後的庇護，我除了得安置母親之外，還得設法處理自己的情傷，以及回家幫母親照顧攤位。

那個人，自從母親消失之後，也跟著不見。沒有了母親這台提款機，他開始跟鄰居借錢，連點頭之交、母親的朋友都不放過。為此，他虛構好多離譜故事，借到無處可借時，就發揮自己資源回收的長才，將外婆家的熱水器、瓦斯爐、鋁門窗拆下來賣，將好好的鐵器敲扁，當成廢鐵出售，只為了繼續品嘗魔鬼的糖果。

為此，那個人在陽光和陰影之間，進進出出。每當那個人進去了，母親才敢現身；當那個人被放出來了，母親就得四處流浪。

多年來，這些事母親從未對我提起，直到母親搬來我家，在我的逼問下，才一五一十吐露。

自從搬出來後，我就很少聽到那個人的消息。兒時，父母忙於工作，曾在外婆家住過幾年，因為和父親不合，間接影響外婆與我的關係。外婆常從菜市場撿回很多奇怪的東西煮給我吃，譬如一整盤的小捲頭、滷雞屁股……好多食物，至今我都無法分辨當年究竟吃了什麼。

那時，大我十多歲的那個人，偶爾會炒高麗菜飯給我吃，其實也沒放什麼料，就是切碎的高麗菜、鹽、白飯，連蛋都沒有，不知為什麼，嚐起來竟然如此美味！可能因為是那個人專門為我做的，才會如此好吃。有時外婆不在，那個人還會偷偷夾幾塊外婆珍藏的醃肉，煎給我吃。不知放了什麼中藥的醃肉，我敢說，那香味連神仙都不免心動。此外，每晚睡覺時，那個人總會弓身把我抱在懷裏，像一隻大狗抱著小貓，儘管我們不同姓氏，但彷彿要補償外婆對我的冷落，那個人，是我童年父愛的替代品。

八歲時，我開始上學，在鑄造廠工作的父親養豬又種菜，我得離開外婆，搬回父母家幫忙家務。接著升學、當兵、還債，三十歲之前，每天被現實追著跑，那個人漸漸走出我的生命，我幾乎忘了他的存在。

龐大債務還清，母親在自家樓下做起小本生意，賣蔥、薑、蒜等爆香之物，累積不少忠實顧客。儘管母親為了躲避那個人，有家不敢回，仍捨不得放下攤位，我只好回去承接。

那天早上，我綁上圍兜兜般的多層錢袋，準備開張做生意，一位陌生阿伯靠近，在身邊徘徊許久才開口問我：「阿雄，你現在在做什麼頭路？」這些年，魔鬼的糖果讓那個人變得又黑又乾又瘦，整個人大概縮水了兩個尺寸，老了不只二十歲。大概是因為沒有肉，感覺骨頭異常突出，和兒時那個豐潤、溫柔靦腆的他，判若兩人。

是說話的口氣，讓我認出了那個人。

一時間，兒時的疼愛和母親此時的慘況交相衝擊，我像當機似的冷冷望著他，試圖保持平靜，久久不知如何回應。可我畢竟不是小孩了，社會經驗告訴我，這可能是那個人借錢的伏筆，當下心一橫回他：「我現在跟你一樣，沒工作。」其實，那也是實話。這句話，瞬間拉開我們之間距離，斬斷過去親密的回憶。此話讓那個人有點愣住了，接著，攤位來了一位客人，我趕緊上前招呼，再回首，那個人已不知去向。

那個人，賣光家裡可賣之物，讓房子幾乎回到最初的交屋狀態。這就算了，那個人，更用身分證跟地下錢莊借貸，用最後容身之地、多人持份的公寓換得不成比例的錢。地下錢莊真是神通廣大！逼得其他持份者，不得不代為清償數十萬欠款，並趕緊過戶改名，讓那個人無法再用這間房子做文章。

找不到錢，那個人只好再度發揮專長，未經允許，拿取他人資源變賣，用自由換取魔鬼的糖果。為了借貸，連自己的生命都可以抵押，最後連居所都不敢回來，只好四處流浪。

那天下午，待在母親家，正想拿起電話替母親報名志工，鐵門忽然啪啪大響。心想，該不會是那個人又要來鬧？幸好趁著上次那個人又失去自由時，趕緊將用了三、四十年的舊鐵門，換成厚重密實的白鐵門，相信他應該不會那麼容易攻破。

本想裝作沒人在家，然而，那個人卻愈拍愈用力，使我不得不開門探個究竟。

打開門，出現的卻是一對警察。男警大聲問我：「是×××的家屬嗎？」一定是那個人又闖禍了，我沒有直接回答男警的問題，而是反問他：「×××怎麼了？」男警又重複了一次問題：「是×××的家屬嗎？」我只好正面回應：「他是我二舅，但我們早就沒有往來了。」這時，男警才說明來意：「你二舅倒在某某公園，清潔人員發現他在同一地方躺了很多天，以為他在睡覺，走近看見身邊一灘血水，不知往生幾天了。」

「往生了！」那個人折磨大家那麼久，想不到竟然死得那麼乾脆，彷彿是送給大家最後的一份大禮。難道是母親迴向給他的《地藏經》奏效了嗎？

我等這天已經等很久了，本以為會很開心，沒想到卻感到非常落寞，趕緊到廚房告訴母親這件事。

自從母親有了信仰，加上那個人消失的時間愈來愈長，母親也比較敢回家。回來後，母親就把自己關在家裡，要離開就先請家人檢查居家四周有無二舅埋伏。此刻，她正在挑菜，聽到那個成為魔鬼信徒的親二弟，先自己一步而去，母親沒有喜悅，而是滿臉哀戚。沉默片刻，母親激動地要衝到醫院去看他，卻被我擋了下來。

我提醒母親，別忘了，是誰讓妳得到憂鬱症？母親卻反問：「我有得過憂鬱症嗎？」那個人曾被我母親像孩子一樣呵護過，原來每位母親在孩子面前都如此健忘，每個孩子都是良民，永遠沒有前科。

之前在地獄，我和母親艱難地往陽光處爬的日子，母親全忘得一乾二淨。無暇和母親爭論她記憶虛實，我將力氣全用在阻止母親去沾染那個人的一切，彷彿，和那個人有關的，都帶著毒性。

於情於理，那個人的後事，都應該由分得外婆遺產的其他舅舅去處理。母親這一生，為娘家涉獵太多也太深，恐怕至死方休！身為長子的我，當然不能看著母親一再輪迴於此，結出的苦果，最後，連我也得跟著品嘗。

如今，外婆走了，其他舅舅搬走，那個人也暴斃了。母親念念不忘的娘家，終於成空。我問母親，那個人糾纏妳一生，會恨他嗎？母親沒有回答，只是眼睛漸漸失去焦點，似乎又陷落在過去，無法自拔。

終「舅」是她的手足啊！

其實，二舅原本是個十分溫柔敦厚的人，但就是過於隨和，不懂拒絕。沒想到，因為這一點雜質，汙染了他的一生。

最近，高麗菜大跌，那天忍不住買一顆回來，剝開幾葉，洗淨切碎，試著做出記憶中的高麗菜飯，但無論怎麼炒，就是無法烹調得像當年二舅炒的那般好吃。

——寫於二〇一八年十月

國家圖書館預行編目資料

我那溫泉鄉的那卡西媽媽——飄浪之女 / 徐正雄著. -- 初版. -- 臺北市：寶瓶文化, 2019.1
面； 公分. -- (Island ; 284)

ISBN 978-986-406-145-7(平裝)

855 107023713

Island 284

我那溫泉鄉的那卡西媽媽——飄浪之女

作者／徐正雄

發行人／張寶琴
社長兼總編輯／朱亞君
副總編輯／張純玲
資深編輯／丁慧瑋 編輯／林婕伃・周美珊
美術主編／林慧雯
校對／林婕伃・劉素芬・徐正雄
營銷部主任／林歆婕 專員／林裕翔
財務主任／歐素琪
出版者／寶瓶文化事業股份有限公司
地址／台北市110信義區基隆路一段180號8樓
電話／(02)27494988 傳真／(02)27495072
郵政劃撥／19446403 寶瓶文化事業股份有限公司
印刷廠／世和印製企業有限公司
總經銷／大和書報圖書股份有限公司 電話／(02)89902588
地址／新北市五股工業區五工五路2號 傳真／(02)22997900
E-mail／aquarius@udngroup.com

著作完成日期／二〇一〇年
初版一刷日期／二〇一九年一月八日
ISBN／978-986-406-145-7
定價／二八〇元

愛書人卡

感謝您熱心的為我們填寫，
對您的意見，我們會認真的加以參考，
希望寶瓶文化推出的每一本書，都能得到您的肯定與永遠的支持。

系列：Island 284　書名：我那溫泉鄉的那卡西媽媽——飄浪之女

1. 姓名：＿＿＿＿＿＿＿＿　性別：□男　□女
2. 生日：＿＿年＿＿月＿＿日
3. 教育程度：□大學以上　□大學　□專科　□高中、高職　□高中職以下
4. 職業：＿＿＿＿＿＿＿＿
5. 聯絡地址：＿＿＿＿＿＿＿＿＿＿＿＿＿＿＿＿

   聯絡電話：＿＿＿＿＿＿＿＿　手機：＿＿＿＿＿＿＿＿
6. E-mail信箱：＿＿＿＿＿＿＿＿＿＿＿＿＿＿

   □同意　□不同意　免費獲得寶瓶文化叢書訊息
7. 購買日期：＿＿年＿＿月＿＿日
8. 您得知本書的管道：□報紙／雜誌　□電視／電台　□親友介紹　□逛書店　□網路

   □傳單／海報　□廣告　□其他
9. 您在哪裡買到本書：□書店，店名＿＿＿＿＿　□劃撥　□現場活動　□贈書

   □網路購書，網站名稱：＿＿＿＿＿＿＿　□其他＿＿＿＿＿
10. 對本書的建議：（請填代號　1. 滿意　2. 尚可　3. 再改進，請提供意見）

    內容：＿＿＿＿＿＿＿＿＿＿＿＿

    封面：＿＿＿＿＿＿＿＿＿＿＿＿

    編排：＿＿＿＿＿＿＿＿＿＿＿＿

    其他：＿＿＿＿＿＿＿＿＿＿＿＿

    綜合意見：＿＿＿＿＿＿＿＿＿＿＿＿＿＿＿＿＿＿＿＿＿＿＿＿
11. 希望我們未來出版哪一類的書籍：＿＿＿＿＿＿＿＿＿＿＿＿＿＿

讓文字與書寫的聲音大鳴大放

寶瓶文化事業股份有限公司

（請沿此虛線剪下）

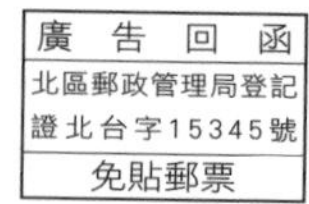

寶瓶文化事業股份有限公司 收

110台北市信義區基隆路一段180號8樓

8F,180 KEELUNG RD.,SEC.1,

TAIPEI.(110)TAIWAN R.O.C.

（請沿虛線對折後寄回，或傳真至02-27495072。謝謝）